Was ist der Mensch ohne die Tiere?
Wären alle Tiere fort, so stürbe der Mensch an
großer Einsamkeit des Geistes. Was immer den
Tieren geschieht, geschieht bald auch den
Menschen.
Alle Dinge sind miteinander verbunden ...."

(Indianer-Häuptling Seattle im Jahr 1855)

Gaby Bergbauer

Kobold Tinka
Die rasende Reporterin

Bibliografische Information der Deutschen Natio-nalbibliothek:
Die Deutsche Nationalbibliothek verzeichnet diese Publikation in der Deutschen Nationalbibliografie; detaillierte bibliografische Daten sind im Internet über http://dnb.dnb.de abrufbar.

Illustration: **Gaby Bergbauer,**
Gerda Kern, Ludwigshafen
weitere Mitwirkende: **Tinka und Karl Bergbauer**

Herstellung und Verlag: BoD – Books on Demand, Norderstedt

ISBN: 978-3-7448-6857-0

Inhalt

Vorwort

Ein weiteres Mal erzählt euch Tinka von ihrem Leben. Sie ist nun 7 Jahre alt und noch immer gut drauf. Sie hat noch immer den Schalk im Nacken. Ein richtiger kleiner Kobold eben. Sie erfreut uns täglich mit ihrem Charme. Nun lassen wir wieder Tinka zu Wort kommen:

Hallo Leute, ich bin Tinka die rasende Reporterin. Ihr kennt mich von meinem ersten Buch „Ein Kobold mit weißen Haaren." Mama erzählte mir, dass ihr schon danach gefragt habt, wann es mit mir endlich weiter geht. Ich habe megamäßig viel erlebt und ich nehme meine Aufgabe als rasende Reporterin ernst. Somit kann ich auch mehr über den Tellerrand schauen.

Mich interessieren jetzt weltliche Themen. Über uns Tiere liegt noch vieles im Argen. Ich möchte gerne darauf aufmerksam machen.

Manchmal muss ich mich schon sputen, um überall rechtzeitig zu sein. Ich habe meine Leute, die mir manche Information zukommen lassen. Es ist gut, wenn man Freunde hat.

Es verspricht erneut spannend zu werden. Meine Mama hilft mir, alles was mir durch den Kopf geht, in dieses Buch zu packen. Ich habe versucht, für euch die Themen herauszusuchen, die euch interessieren könnten. Manches lag mir a am Herzen. Hier in unserer Gegend bin ich bekannt, wie ein bunter Hund. Nein, ich hebe nicht ab, bin ganz normal geblieben.

Ich wünsche euch viel Spaß beim Lesen meines 2. Buches.

Gaby und Tinka Bergbauer

Meine neue Welt

Ich musste lernen, ohne Penny aus-
zukommen. Als sie über die Regenbogenbrücke ging, war ich lange sehr
traurig und doch habe ich versucht,
Mama und Paps zu trösten. Wir gaben
uns zu dritt Halt. Ich habe aufgehört,
mit meinen Stofftieren zu spielen.
Auch meine berühmten 5 Minuten
machten für mich keinen Sinn mehr.
Früher schaute Penny mir zu. Klar
lachten auch Mama und Paps, aber
ohne Penny machte es keinen Spaß
mehr. Hin und wieder gehe ich zu
ihrem Grab und bin ihr gedanklich
sehr nahe. Das ist natürlich nicht das-
selbe, als wenn sie bei mir wäre.

Das Leben muss weitergehen, sagte
ich mir eines Tages und nach einem

Jahr ging es mir besser. Ich konnte wieder meine Tätigkeiten als rasende Reporterin von der Tageszeitung „Tinka-Post" nachgehen, wo ich euch wieder ein paar Geschichten von mir und meinem Umfeld erzählen möchte.

Ich passte genau auf, was um mich herum passierte. Und da gab es einiges, das kann ich euch sagen. Mit meinem Mikrofon bin ich jederzeit und überall zur Stelle, um euch meine Storys zu berichten. Ich komme viel herum und es macht mir viel Spaß.

WM 2014

Das war ein irres Erlebnis, dass ich in meinem Leben niemals vergessen werde. Ich weiß es noch wie heute, ich saß mit Mama nachts vor dem Fernseher. WM 2014 Halbfinale Niederlande gegen Argentinien. Das Spiel fing nach unserer Zeit um 4 Uhr früh an. Paps konnte das Spiel nicht mit ansehen, weil er arbeiten gehen musste. Hätte er vorher gewusst, was in dieser Nacht passierte, hätte er die Arbeit sausen lassen und wäre bei uns gewesen. Normalerweise erkläre ich den Beiden rechtzeitig, wann Bett-Time ist. Aber wenn die WM läuft, habe ich hier keine Chance. Paps hält dann zu mir, weil er kein Fußball mag. Gegen Mama haben wir keine Chance. Ich habe das dumpfe Gefühl, dass Paps sich freut, dass er arbeiten gehen muss. So hat er immer eine Ausrede, die Spiele nicht sehen zu müssen. Also mache ich mit und ging zu Mama auf die Couch. Es hat was Gutes, ich werde oft gestreichelt. Die Bauchkrauler mag ich am liebsten. Wer lässt sich so etwas denn schon entgehen. Auch ein Kobold nicht.

Bei Paps ist es einfacher, er schaut nur den Super Bowl, das ist nur einmal im Jahr. Die WM geht ja vier Wochen, wie Paps mir erzählte. Und das alle vier Jahre. Da es 2014 in Brasilien ausgetragen wurde, fielen mir manchmal die Augen zu. Wer schaut schon nachts Fernsehen? Klar, meine Mama.

Ich saß also bei Mama, die mir natürlich meine Deutschlandschleife von Rita (Dolly Dogs) in den Haaren machte. Stilvoll sah ich aus, das muss hier einfach einmal erwähnt werden. Dem Tag voll angemessen. Ich mag keine Hüte, Kappen usw., das ist Kappes für mich. Meine Schleife musste genügen. Und trotzdem war ich für Deutschland.

Das Fußballspiel war sehr spannend, sagte mir Mama. Ich verstehe davon nichts, aber ich bin so gerne bei ihr.

Meine kleine Hängematte stand am Kamin. Das müsst ihr wissen, weil sonst nichts Sonderbares an meiner Geschichte ist.

Das Fußballspiel war gerade zu Ende und Mama war sichtlich erfreut über das Ergebnis. Die indirekte Beleuchtung war nur an, weil wir es uns gemütlich gemacht haben. Mama streichelte mich und machte den Fernseher aus.

Ich wurde ganz unruhig. Irgendetwas war hier nicht in Ordnung. Mama ist ganz bleich geworden, als ob sie ein Gespenst sah. Sie sagte zu mir:

„Tinka, siehst du das auf deiner kleinen Hängematte?" Ich lief sofort hin und da sah ich es auch. Es war ein Abdruck zu sehen, aber wir konnten keine Person sehen. Ich bellte wie verrückt und dann wurde ich von Penny angemotzt, ich soll endlich ruhig sein. Ich legte mich sofort auf den Bauch, wie ich es früher schon immer bei ihr tat. Den Kopf ganz auf dem Boden. Und dann hörte ich, wie sich Penny gedanklich mit Mama unterhielt. Das war doch nicht möglich, dachte ich. Ich traute mich kaum, nach oben zu sehen. Nach ein paar Minuten schaute Penny zu mir und tätschelte meinen Kopf. Das träume ich doch alles nur, dachte ich. Das glaubt uns doch niemand.

Ich hörte, wie Penny sich bei Mama bedankte, weil sie so gut auf Paps aufgepasst hat, als sie ins Regenbogenland ging. Ich sah zu Mama und ihr kullerten die Tränen herunter. Sie konnte nichts sagen. Noch eine Weile saß sie dort und konnte sich nicht rühren. Penny war auch wieder weg. Ich untersuchte meine Hängematte sehr genau. Von diesem Tag an ging ich nie wieder auf diese Hängematte. Ich wollte Penny den Platz nicht wegnehmen.

Mama war total durcheinander. Sie ging zu Paps und weckte ihn und erzählte ihm, dass Penny hier war. Er erwiderte nur: „Mensch schade, dass ich sie nicht sehen konnte. Das erste Mal, dass ich es bereue, keine WM geschaut zu haben."

Mama konnte Penny auf meiner Hängematte sehen, sie erzählte sehr aufwühlend Paps, dass Penny so aussah, wie sie auf dem Hundeplatz in Florida aussah. Sie war sichtlich glücklich und ohne Schmerzen.

An Schlaf war nicht mehr zu denken. Für Paps war es auch langsam Zeit aufzustehen. Mama erzählte weiter, dass sie Penny auch wieder gerochen hat. Das passierte ihr öfters in dieser Zeit. Sie konnte dann sagen: „Penny ist hier." Penny schien wirklich das ganze Fußballspiel abgewartet zu haben. Ob sie Fußball mochte?

Liebe Freunde denkt bitte nicht, dass wir nun total abgedreht sind, aber das habe ich mit Mama wirklich erlebt. Auch ich war völlig von den Socken. Und irgendwie macht das auch Sinn. Das war auch Pennys Sorge, als sie noch bei uns war, dass ihr Weggang Paps zu sehr zusetzen könnte. Mama und ich konnten ihn aber trösten. Zu dritt sind wir durch diese schwere Zeit, gegangen. Paps sagte öfters, dass Penny hier sei. Manchmal kann er sie fühlen.

Eifersucht

Nein eifersüchtig bin ich nicht. Na ja, nicht mehr auf Penny, denn ich bin jetzt die Prinzessin von Mama und Paps schlechthin. Das genieße ich. Kämpfen brauche ich dafür nicht mehr. Über ein Jahr ist vergangen, das Penny gegangen ist. Jetzt werde nur ich verwöhnt und das ohne Ende.

Eines störte mich doch. Mama stellte ein Bild von Penny auf den Kamin. Für Pennys Grab kaufte sie einen weißen Rosenstock mit ganz kleinen weißen Blüten und pflanzte ihn auf Pennys Grab. Und nun stellte sie eine Vase mit den letzten weißen Rosen des Jahres hinter Pennys Bild. Soweit so gut. Dann machten sie Bilder von dem Foto und den Rosen. Da platzte mir wirklich der Kragen. Ich maulte rum, zog Paps am Hosenbein: „Hey ich bin auch noch da. ICH bin jetzt eure Prinzessin. Warum macht ihr kein Bild mit mir drauf?"

Paps nahm mich auf dem Arm und zeigte mir Pennys Bild und Blumen. Daneben stand noch ein Engel mit einer Kerze und ein Holzkreuz, was Mama anfertigte mit einem Bild von Penny. Jetzt reicht es aber, schimpfte ich. Und dann kam das Lachen von Paps: „Aber Tinkamäuschen, du bist doch nicht wirklich eifersüchtig auf das Bild von Penny?"

Nun lächelte auch Mama. Das war zu viel. Ich wollte runter. Mein Kissen lag unten am Kamin und ich legte mich in Pose. Das machte Mama und Paps sprachlos. „Ja da staunt ihr was? Ich kann auch anders."

Mama nahm sofort ihr Blitzeding und machte Fotos von mir. Da drehte ich erst richtig auf. Ich legte mich hin, zeigte ihr mein schönstes Lächeln. Sie war total entzückt. Ich setzte mich hin, schaute einmal nach rechts und dann nach links.

„Das machst du toll Tinka", rief Mama.

Manchmal muss man sich eben behaupten. Von der Stunde an legte ich mich öfters in Pose. Ich werde das Gefühl nicht los, dass Mama das ein bisschen ausnutzt. Das muss Mama sehr komisch vorkommen, weil ich mich sonst nie gerne fotografieren ließ. Das war immer lustig, Mama hatte manchmal nur meine Haare auf dem Bild, oder mein Popo. Dann hatte sie mich mit Leckerli gesponsert. Dem konnte ich nicht widerstehen und schenkte ihr ein Lächeln. Ich weiß schon, dass ich fotogen bin.

Dann brauchte Mama als Autorin Fotos von sich für ihre Pressemappe. Die machte Paps und schon wieder ohne mich. Das ging gar nicht. Wieder machte ich mich lautstark bemerkbar. Paps lachte und meinte:

„Aber erst müssen wir aus dir Strubbelchen eine feine Maltidame machen."

Was heißt hier Strubbelchen? Ich finde meine Frisur genau richtig. Mir glaubt das hier niemand.

Und schon schnappte Paps mich, lief ins Bad und ich wurde erst einmal gekämmt. Ich versuchte, ihm zu signalisieren, dass das nicht nötig wäre. Ich bin auch so eine Schönheit. Als ob er das gehört hätte, meinte er:

„Ich weiß, du bist auch ohne Kämmen eine Schönheit, aber so wird es
noch ein bisschen besser und du
machst Mama eine Freude."

Was soll man dazu sagen? Natürlich
wurden wieder tolle Bilder von mir
gemacht. Das ist ja klar, ein Bild von
mir und Mama hat sie auf ihre Facebook-Seite vorgestellt. So kann mich
die ganze Welt sehen. Ist das nicht
wirklich toll?

Malti-Express und ganz viel Spaß

Dass auch ich unterhalten werden möchte, steht außer Frage. Meine Menschen lassen sich aber wirklich immer etwas Neues einfallen. Da Mama mit ihrem Rücken nicht so viel Tragen kann, holt Paps ihr immer den Handwagen aus dem Gartenhäuschen, wo sie auch Kisten transportieren kann.

Mama und Paps beziehen mich immer in alles ein und so erfand Mama für mich den Malti-Express. Das war eine Gaudi, kann ich euch sagen. Mama stellt zwei Kisten übereinander und auf die oberste Kiste kommt ein Handtuch, damit ich nicht wegrutsche. Dann hob sie mich auf die oberste Kiste. Ich liebe es, überall oben zu sitzen, so kann ich alles überschauen.

Und schon ging es ab, vom Büro über den Flur durch die Küche ins Wohnzimmer.

Paps meinte: „Das sind ca. 20 m."

Drei Runden drehte Mama mit mir, dann hob sie mich wieder runter und räumte ihren Schrank um. Ich war sehr glücklich. Sie hätte noch ein paar Runden drehen können.

Wenn es draußen regnet, lässt Mama sich immer wieder Spiele für mich einfallen. So wird mein Leben nie langweilig. Als rasende Reporterin ist mein Leben sowieso recht abwechslungsreich. Ich merke schon, dass ich der Star in der Familie bin und ich genieße es. Ich wünsche so ein Leben jedem Tier auf dieser Welt.

Im Oktober kam ein großes Paket an. Alles muss erst durch meine Kontrolle gehen. Ich konnte nichts Auffälliges feststellen und gab es frei. Mama zeigte mir aber nicht den Inhalt. Das ging so lange, bis Paps von der Arbeit kam. Ich war gerade im Wohnzimmer am Fenster und beobachtete alles, was da draußen passierte, als mich Mama rief. Ich wetzte ins Büro. Der Klang ihrer Stimme verriet mir, dass es zu meinem Vorteil werden sollte. Und da sah ich es, mein neues gelbes Bettchen.

Ich stehe ja mehr auf Pink, aber das gelbe Bettchen hatte was. Ich betrachtete es mir ganz genau und sah an der Seite die kleine Krone, das machte mich doch glatt 30cm größer. Ich war hellauf begeistert. Natürlich musste ich es erst einmal Probeliegen. Das war so toll, ich konnte mich Diagonal hineinlegen. Nachdem ich mich dort so richtig eingekuschelt hatte, damit alles Meinen Geruch annahm, sah ich in die glücklichen Augen meiner Menschen. Ja sie haben das Richtige getroffen. Dann erzählte mir Mama auch noch, dass es von einem Hundedesigner kam. Nobel geht die Welt zugrunde, dachte ich mir. Mama tat mir den Größten gefallen, sie stellte das gelbe Bettchen direkt neben ihrem Schreibtisch. Dort liege ich am liebsten, wenn sie hier sitzt und am PC in die Tasten haut.

Nicht zu vergessen, mein pinkfarbenes Körbchen. Das gehörte Penny, und ich halte es in Ehren. Da passe ich sehr auf. Ich schimpfe jedes Mal, wenn Mama es wegtut, weil sie den Teppich saugen will. Dann kommt von mir unter Garantie eine Körbchenbesetzung. Genau. Zufrieden bin ich erst, wenn das Körbchen wieder an seinem Platz steht. Ich mag so etwas gar nicht, erst schenken und wieder wegnehmen. Ich will alle meine Körbchen behalten. Wenn ich eins nicht mehr mag, teile ich es Mama mit. So wie die Hängematte, die mochte ich nicht mehr. Wir haben sie zur Tiertafel mitgenommen. Mama wollte das nicht verkaufen. Sie erklärte: „So haben auch arme Hunde eine Freude."

So war es auch. Als wir zur Tiertafel fuhren, wurden unsere Sachen gerne entgegengenommen.

Seit ich das gelbe Bettchen habe,
mache ich mir jeden Tag einen Spaß
mit Paps. Selbst Mama muss dann
immer lachen. Wenn er mit mir Gassi
gehen will, renne ich in mein gelbes
Bettchen und warte. Wie ihr alle wisst,
haben wir Hunde viel Geduld, Kobol-
de insbesondere. Klar höre ich Paps
mich rufen. Ich ignoriere das erst einmal. Ich weiß doch, dass er mich holt
und dann trägt er mich in den Flur,
wo er mir mein Geschirr anlegt. Wozu
unnötig laufen, wenn man getragen
wird? Vorher muss ich mich immer
strecken. Zuerst das rechte Vorder-
pfötchen, dann das linke Vorderpföt-
chen. Und meine Hinterbeine wollen

auch gestreckt werden. Zuerst das rechte Beinchen und dann das Linke.

Ich habe meinen Paps so weit, dass er immer schön wartet, egal wie lange ich herum trödele. Das macht mir einen Heiden Spaß. Dass er manchmal zu mir „Hexe" sagt, nehme ich ihm nicht übel, der Spaß ist es mir Wert.

Mama sagt manchmal:

„Nimm sie doch gleich mit." Paps meint dann immer:

„Nee sie soll ja zu mir men." Ich sehe dann Mama nur grinsen und ich lache mir eins in mein Schnäuzchen. Diese Spiele liebe ich total.

Eins muss ich sagen, mein Paps hat auch sehr viel Geduld mit mir. Auch wenn er mich manchmal „Diktator" nennt. Wie er bloß darauf kommt? Ich kann mich meinen Menschen gut mitteilen.

Oft gehen sie mit mir in den Garten oder in den Park hier in der Nähe. Das ist immer ein Spaß. Hier im Garten habe ich das Oberkommando. Ich passe genau auf, wer hier vorbeikommt. Paps macht mit mir immer viele Spiele. Da muss ich ihm manchmal ein Stoppzeichen geben. Wie gut, dass er das versteht. Wir relaxen dann eine Weile und schon kann es von neuem weitergehen. Das nenne ich Leben. Nur wenn ich groggy bin, laufe ich nicht mehr weiter. Egal wo wir gerade sind. Paps weiß dann, nun ist tragen angesagt. Jetzt wo ich etwas älter bin, bleibe ich stehen und schaue Paps nur an. Ich bestimme auch immer, ob wir die große oder kleine Runde machen.

Weihnachten plätscherte so dahin. Wir sind alle etwas traurig, weil Penny ins Regenbogenland ging. Ganz liebevoll schmückte Mama den Weihnachtsbaum, auch mit Pennys Sachen. Das finde ich toll, so wird sie niemals vergessen. Ich weiß, so einen schönen Knochen mit Namen findet Mama bestimmt auch für mich noch. Die Sachen von Penny sind noch alle aus Florida.

Meine Menschen kaufen mir immer auch etwas und stecken es in meinem Socken am Kamin. Oder macht das wirklich der Weihnachtsmann? Da muss ich mal nachgrübeln.

Und es kamen wieder viele Leckerchen für mich zum Vorschein. Ich schleppte alles in mein pinkfarbenes Körbchen.

Mama meinte, ich bunkere das alles. Na ja wo sie recht hat… Man weiß ja nie. Es könnten auch schlechtere Zeiten kommen, da ist es gut, wenn man noch etwas hat.

Wie zu vermuten war, mochte ich auch in diesem Jahr keinen Schnee. Der ist kalt und nass. Das Laufen macht in dieser Zeit überhaupt keinen Spaß. Ich habe von Penny gelernt, mich nur unter der großen Tanne aufzuhalten. Da war fast alles schneefrei. Und dann rief ich Paps und er nahm mich wieder hoch in die gemütliche Stube. Und Gassi gehen mag ich bei solchem Wetter auch nicht. Ich laufe keinen mm weiter. Ich warte eine Weile, bis sich mein Paps draußen eine rote Nase geholt hat und dann will auch er wieder in die Wohnung, wo es viel gemütlicher ist. Zum Rennen habe ich dann mein Leckerlispiel. Das Liebe ich wirklich, dafür mache ich auch mal den Kasper für meine Menschen. Paps kniet dann im Wohnzimmer und wirft meine Leckerlis und ich wetze hinterher. Zu seiner Freude mache ich auch mal eine Rolle, oder gebe ihm das High Five. Mit Letzterem kann ich Mama total erfreuen. Sie lacht dann immer. Paps wirft es vom Wohnzimmer durch die ganze Küche. Und manchmal kullert es unter dem Kühlschrank. Da komme ich mit meinen Pfötchen natürlich nicht hin.

Das ist zu lustig, Paps flucht dann immer, weil er aufstehen muss. Mama sagte ihm schon, er soll ein Handtuch davor legen. Will er aber nicht, also muss er dann immer zu mir kommen. Ich schaue dann oft Mama an und wir beide Grinsen uns eins. Hi hi, Mama sagt dann zu Paps: „Du bist aber auch stur wie der Fels von Gibraltar." Wir müssen dann alle drei lachen. Wenn dann die Frage von Paps kommt: „ICH?"

Neues Kissen für mich

Ich kann mir nicht erklären, warum sich Mama so oft mit Rita unterhält. Rita hat einen Hundeshop, von ihr bekomme ich immer meine Schleifen. Sie tun auf jeden Fall sehr geheimnisvoll. Dem muss ich auf den Grund gehen. Das Blöde ist, dass sie nicht telefonieren, sondern alles über PNs machen. Da kann ich nicht zuhören und lesen kann ich leider auch nicht, der PC ist viel zu hoch. Klar ist auch, dass Mama mich dann nicht hochnimmt. Mist muss ich doch abwarten, bis sich Mama verrät. Leider tat sie es nicht. Dann kam mein Geburtstag, vorher kam ein Paket und ich konnte nur mutmaßen, dass es für mich war. Erschnüffeln konnte ich nichts. Mama hat das Paket einfach nicht aufgemacht. Es lag nun auf dem Schreibtisch von Paps und nichts passierte. Ich wollte auf Mamas Arm, um mehr sehen zu können. Keine Chance, sie hat mich zwar hochgenommen, aber sie sagte gleich, ich müsste warten. Das war nicht das, was mir vorschwebte.

Als endlich der Tag meines Geburtstages kam, war ich sehr aufgeregt. Wie üblich musste ich im Büro bleiben, bis Mama mich rief. Da wetzte ich aber zu ihr. Zuerst bekam ich einen Geburtstagskuchen aus Hackfleisch und als Kerzen waren leckere Würstchen aufgesteckt. Ich ließ es mir schmecken und dann wartete ich auf mehr. Dieser Tag ist immer etwas ganz Besonderes für mich. Das fühlte ich. Dann rief mich Mama aufs Sofa und dann sah ich mein Kissen. Es passte wunderbar in meine Schmusee-

cke. Oh man schaut doch mal, sogar
mein Name stand auf dem Kissen.
Nah, wenn das nicht standesgemäß
ist.

Hier untersuche ich es gerade. Es
war schon mal meine Lieblingsfarbe.
Die Oberfläche gefiel mir auch.

Dann sah ich auf dem Boden noch
ein Kissen. Das war viereckig. Da bin
ich vom Sofa gleich rauf gesprungen.
Uiiih, das rutschte aber toll. Das war
ein toller Tag. Es war mehr ein Wan-

derkissen. Bis es letztendlich am Kamin seinen Platz fand. Ich fand es auch angemessen. Besonders zur Weihnachtszeit war es echt gemütlich. Und ich konnte von dort die Weihnachtssocken gut sehen. Hier habe ich euch ein Bild mitgebracht.

Auf diesem Kissen war mein Name drauf. Wie es sich für eine kleine Prinzessin gehört. Mama hat meinen Dank an Rita weitergegeben. Das Kissen gefällt mir ganz dolle. Ich bin immer am Schimpfen, wenn Mama es wegnimmt, wenn sie sauber machen will. Sind die Menschen alle so? Ist mir doch egal, wenn sie sagt, ich bekomme es wieder. Sie soll es erst gar nicht wegnehmen. Ich mag keine Veränderungen oder rumräumen.

Das gleiche im Büro. Na ja ich gebe zu, da stehen schon mehr Körbchen von mir. Das hat aber den Grund, im Wohnzimmer möchte ich nur in das Ecksofa bei Mama und Paps. Da stehen schon meine Körbchen. Das Pinkfarbene, meine Höhle, mein Schloss und mein Haus. Ich kuschel mich dann in der Mitte vom Sofa, wie ich das liebe. Im Büro ist auch noch Pennys ehemaliges kleines Sofa. Auch in meiner Lieblingsfarbe Pink. Ich muss immer schmunzeln, wenn ich Mama beobachte, weil ich schon mal sehr stürmisch da herum kratze, wenn ich so in meinem Spieldrang bin. Nun haben wir das Sofa schon so lange und es ist noch nicht kaputt gegangen. Ehrlich gesagt, wundert mich das auch. Vielleicht ist das ja wirklich ein unkaputtbares Sofa. Mama sagte mir, dass wir das Sofa schon 8 Jahre haben. Und es sieht wie neu aus. So bin ich nun einmal, was soll ich da machen? Was sie aber noch nicht gesehen haben, dass in der kleinen Matte in meiner Höhle ein Loch ist. Mama wunderte sich nur, wo die kleinen Flusen her kommen. Natürlich schweige ich wie ein Grab und tue total unschuldig.

Roboter bei uns

Eines Tages kamen meine Menschen vom Einkaufen und brachten eine Kiste mit. Ich erschnüffelte sie, aber ich konnte nichts Verdächtiges feststellen. Dann sah ich Mama wieder mit dem Blitzding. Wozu das denn? Paps stellte ein komisches Ding im Wohnzimmer auf dem Boden. Das bewegte sich von alleine. Es rotierte oft und hatte unten kleine Bürsten, jedenfalls sah es so aus. Nee Angst hatte ich keine, aber ich schaute dem ganzen Treiben interessiert zu. Nur als er ein Leckerli von mir schluckte, wurde ich richtig böse. Was denkt sich dieses Ding eigentlich?

Egal wie ich das Ding auch verbellte, es lief einfach weiter. Mama erklärte mir dann, dass es ein Staubroboter ist. Er saugt von ganz alleine. Dem sind auch Teppiche egal, er fährt einfach darüber hinweg. Ich legte mich in mein pinkfarbenes Körbchen und beobachtete ihn weiterhin. Dann kam er zu mir und wollte bestimmt mein Körbchen fressen. Das fand ich gar nicht gut und schaute Paps ganz entsetzt an. Mein Held Paps nahm das Ding dann weg, das es in eine andere Richtung fuhr. Puh, noch mal Glück gehabt. Ich habe mir vorgenommen, wenn der Robi wieder in Aktion ist, gehe ich einfach weg. So interessant ist er auch wieder nicht.

Mama war ganz erstaunt, dass ich überhaupt keine Angst zeigte. Warum auch, ist doch nur so eine blöde Maschine. Der kann nicht so schön die Menschen erfreuen, wie ich es kann. Darin bin ich eine Meisterin. Das wird mir immer wieder bescheinigt. Das liegt bei uns Hunden drin, das ist unser Bestreben, den Menschen zu erfreuen. Nur wenn wir schlecht behandelt werden, können wir auch mal bissig werden. Würden die Menschen nicht anders machen.

Sommerfest

Wir fuhren zum Sommerfest nach Friedberg.

Ich war schon ganz gespannt. Ich habe im Auto auf dem Rücksitz meinen Freiraum. Ich bin zwar angeschnallt, aber ich kann von Fenster zu Fenster laufen. Passieren kann mir nichts, weil ich eine sogenannte Autodecke habe. Die ist an vier Seiten hoch. Mama legte mir meine Kuscheldecke hinein und Wasser bekam ich auch noch.

Als wir bei den Freunden von Mama und Paps ankamen, staunte ich nicht schlecht. Wow, war das ein großes Gelände. Na da werde ich Spaß haben, dachte ich mir gleich. Es waren mehrere Buden mit Essen und Trinken aufgestellt. Ein großes Zelt, falls es regnen sollte. Viele Leute waren schon anwesend. Dann wurden für die Menschen Leckereien gereicht. Ich war natürlich die Queen von allen. Viele sagten, dass ich eine ganz süße Maus wäre. Na was hatten sie denn gedacht? Klar war ich das. Eins wollen wir aber mal festhalten, eine Maus bin ich nicht. Auch wenn ich ziemlich klein bin, bleibe ich doch eine kleine Malteserhündin.

Später kamen noch andere Hunde, denen musste ich erst einmal erklären, wer hier das Sagen hat. Ich natürlich. Diese eine Promenadenmischung wollte sich einfach nicht an meine Regeln halten. Na dem habe ich etwas erzählt, und das lautstark. Ein großer Hund schaute mich nur gelangweilt an, egal was ich sagte. Er wollte wohl eher seine Ruhe haben. Ich spielte mit dem weißen Westi, der war in Ordnung. Wir hatten viel Spaß zusammen. Gemeinsam jagten wir über das ganze Gelände. Dann hörte ich Mama sagen:

„Solche Gelegenheiten müsste Tinka öfters haben."

Ja der Meinung bin ich auch. Dort wo wir wohnen, gibt es zwar auch recht viele Hunde, aber die sind meistens in ihren Gärten, bis ein paar

Freunde von mir. Das sehe ich immer, wenn ich mit Paps die große Runde laufe. Nur manchmal kann ich mit Polly spielen. Sie ist auch ein Malteser-Girl, aber sie hat ganz kurze Haare, das sieht ganz anders aus. Ich habe schöne lange Haare mit einigen Locken. Ich spiele gerne mit Polly.

Später wurde noch gegrillt. Paps unterhielt sich mit einer Bekannten, die kein Fleisch essen wollte, weil sie Vegetarier ist. Aber als sie hörte, dass es noch Bratwürste und Steaks gibt, meinte sie, dass sie noch bleiben würde. Natürlich konnte Paps seine Bemerkung nicht verbeißen. Er hat immer seine eigene Meinung zu diesen Leuten. Er akzeptiert jede Ernährungsform, aber erst den Tieren das Futter wegessen und wenn es nichts kostet, kann man doch Fleisch essen. Das begreift mein Paps nicht.

Mama könnte auch auf Fleisch verzichten, aber niemand sollte ihr ihren geliebten Käse wegnehmen. Veganer könnte meine Mama nie werden. Den Käse finde ich auch sehr lecker. Aber wie es sich für eine Prinzessin gehört, nehme ich nicht alles an. Mit Mama bin ich jedoch auf einer Wellenlänge. Wir Frauen müssen zusammenhalten. Sehr zum Ärgernis von Paps. Er sagt immer, dieses und jenes esse ich nicht, und wenn Mama es mir gibt, dann schmeckt es mir lecker. Und von Paps hören wir dann nur: „Weiber." Ich schmunzele dann und Mama muss richtig darüber lachen. Nach ein paar Minuten gehe ich dann zu Paps, schmusen und alles ist wieder gut.

Als es langsam dunkel wurde, sind wir nach Hause gefahren. Ich freute mich schon auf meine geliebte Sofa-ecke. Es war für mich ein aufregender Tag mit vielen neuen Eindrücken.

Bilder müssen her

Das leidige Thema Bilder. In der Folgezeit erinnerte mich Mama daran, dass sie Bilder von mir braucht. Häh? Schon wieder?

Ja sagte sie: „Du weißt doch, für Paps Kalender, den er jedes Jahr bekommt. Wir wollen ihm doch nicht jedes Jahr die gleichen Bilder schenken, oder?"

Menschen sind manchmal schon komisch. Hunde sind da viel besser dran. Wir vergessen unsere Gefährten nicht so schnell. Wir haben sie in unsere Gedanken. Vergesst ihr Menschen denn wirklich so schnell eure Freunde? „Nein", erklärte mir Mama lachend, „Die Menschen haben gerne diese Erinnerungen auf Bildern."

„Da unterscheiden wir uns klar von den Menschen. Wir speichern sie im Gehirn und können die Bilder jederzeit abrufen.

OK ich habe schon verstanden, aber nicht ohne Leckerlis. Da verstehe ich keinen Spaß. Ich wurde gekämmt, eine schöne Schleife kam in meine Haare. Dann ging es zu dem Sessel, von wo aus wir die Bilder machen wollten. Das finde ich toll, Mama bastelt auch immer Penny mit auf einigen Bildern. Das freut ganz besonders meinen Paps.

Aus den alten Kalendern der letzten Jahre hat Mama sich über ihren Schreibtisch eine Bilderwand angefertigt. Da sind nur Bilder von Penny und mir zusehen. Da darf auch niemand ran gehen. So gesehen haben die

Bilder-Kalender doch ihren Sinn. Nicht nur für Paps.

Ich gab mir Mühe und lächelte in die Kamera. Damit meine Mama zufrieden ist. So haben wir ein paar gute Bilder dabei gehabt. Und Mama hat neue von mir zum verbasteln.

Abends war Paps auch ganz entzückt von den Bildern von mir. Wen wundert es. Für ihn könnte ich strubbelig aussehen, wie ich will, er würde immer sagen, dass ich seine Süße bin.

Willys Feind

Unter uns zogen neue Mieter ein, Mama erzählte mir, dass sie eine Katze haben. „Katze? Das gibt Probleme." Und eines Tages sah ich Willy, eine ziemlich normale Hauskatze. Ich musste ihm natürlich klar machen, wer hier das Sagen und er sich von „meinem" Garten fernzuhalten hat. Der Vorgarten gehört mir. Na ja auch ein bisschen Mama und Paps. Irgendjemand musste den Rasen mähen, damit mich keine Zecken piksen. Das hat Paps übernommen. Den Mietern unter uns gehörte der Garten hinter dem Haus. Das war gut geregelt. So hatte Willy seinen und ich meinen Garten.

Manchmal konnte ich Willy nachts hören. Was Katzen doch für ein Geschrei machen können. Wie es sich anhörte, kam Willy hier in der Gegend nicht so gut an. Er zog immer öfters den Kürzeren.

Eines Tages waren wir im Garten und ich musste einer Katze oder Kater den Weg aus meinem Garten zeigen. Das Fersengeld hat sie verdient. Ich meine, vom Aussehen war das ja ne ganz hübsche, Braun mit weißen Flecken im Fell, aber ich kann es nun mal nicht leiden, wenn sie ungefragt in mein Territorium eindringt.

„Oh sagte unsere Nachbarin, mag Tinka keine Katzen?" Mama erklärte ihr, dass ich sie nicht besonders schätze, was natürlich sehr vorsichtig ausgedrückt war. Mama wollte nicht mit der Tür ins Haus fallen. Tz tz, immer auf Diplomatie.

„Das ist ja toll", meinte unsere Nachbarin. „Kann Tinka die Katze nicht öfters verjagen, denn das ist die Katze, die ständig mit Willy Ärger macht. Die beiden mögen sich offensichtlich nicht."

Ich hörte das und war gleich Feuer und Flamme. Ein paar Mal ließen sie mich machen und dann hörte Mama, wie gefährlich das für mich sein könnte, denn Katzen haben spitze Krallen und die würden sie gerne bei Hunden in den Augen einsetzen. Das fand ich wiederum nicht so toll. Also jagte ich ihr noch schneller hinterher. Ich muss meinen Job wohl gut gemacht haben, denn diese Katze traute sich nicht mehr in meinen Garten. Ich fand, das war ein schönes Spiel. Schon als ich an der Treppe von Paps runtergelassen wurde und ich sah dieses Katzenmonster rannte ich los. Ich bin sehr schnell müsst ihr wissen. Fast hatte ich sie ein paar Mal gehabt, aber Katzen können springen und schwuppdi-wupp war sie über den Zaun. Damit war sie für mich nicht mehr greifbar, aber ich habe ihr sehr lautstark klar gemacht, dass sie nicht ungefragt, überallhin kann. Sie hat mir nicht ge-antwortet. Dabei hätte ich ihr doch nichts getan. Wir hätten auch spielen können, nachdem ich ihr meine Re-geln erklärt hätte. Dazu kam es nicht mehr und Mama war froh, dass dieses Kapitel auch erledigt war.

Willy versuchte sich weiterhin nachts auf der Straße unbeliebt zu ma-chen und das mit viel Erfolg. Und immer bekam er seine Abreibung. Er hätte gleich eine Einweihungsparty geben sollen, aber so, ohne etwas hatte er ganz schlechte Karten. In meinem Garten kam er nicht mehr.

Nun ist es für Katzen hier auch schwierig, die Nachbarin schräg gegenüber hat einen Taubenverschlag. Auch Tauben sind nicht blöd und lassen sich nicht ohne weiteres von Katzen fangen.

Oh oh, einmal habe ich erlebt, wie Willy fast eine Taube bekommen hat. Diese Nachbarin ist bekannt dafür, dass sie oft herumschreit. Ich glaube, man hat sie noch 5 Straßen weiter gehört. Laut kann ich auch werden, das merkt sie immer, wenn sie ihren Hund raus lässt. Wir begrüßen uns immer sehr lautstark. Er darf aber nie aus dem Garten. Das passt ihr gar nicht, dass ich immer mit Paps und Mama dort vorbei laufe. Das Rasengelände was an ihrem Garten grenzt, gehört ihr nicht sagte Mama. Das gehört der Gemeinde also kann sie nichts sagen. Auf diesem Rasenteil ist auch ein Automat aufgestellt, wo man Kotbeutel ziehen kann. Also ist es doch für uns Hunde gedacht. Nicht alle machen das weg, wie wir sehen konnten, aber mein Paps und Mama tun das immer. Sogar in unserem Garten. Sie wollen auch nicht überall rein treten.

Renovierung

Es kam der Tag wo ich fand, dass meine Menschen nicht gut drauf waren. Sie fingen an, die Eckbank von der Küche ins Wohnzimmer zu schieben. Was soll das denn nun schon wieder? Sie sah doch in der Küche gut aus und passte rein. Ich habe gleich mal die Eckbankbesetzung geprobt, aber Paps war so gemein und hat mich runter gehoben. Es hat ja Vorteile wenn Paps 2 Wochen Urlaub hat, aber dass er dann immer gleich solche Ideen hat? Das erinnerte mich an Penny, sie erzählte mir auch solche Storys mit ihm. Immer muss alles verschönert werden. Ist ja auch nichts dagegen einzuwenden, wenn nicht vorher immer diese Unordnung wäre.

Da Paps auch meine Kiste, die mir als Treppe dient, ins Wohnzimmer stellte, kam ich nicht mehr auf die Eckbank. Paps sagte, dass alles wieder an seinem Platz kommt, wir müssen renovieren. Was ist das denn? Na ich bin gespannt, wie lange das dauert. Mama kann nicht so viel helfen, da kümmert sie sich mehr um mich. Das ist ja auch schon mal gut.

Und in diesem Moment klingelte es an der Haustür und meine neue Freundin Fipsi kam mit ihrem Frauchen. Fipsi ist auch ein Malteser-Girl. Sie ist sogar kleiner als ich. Wir beschnuffelten uns erst einmal und freuten uns. Ich sagte ihr, sie soll mit mir ins Wohnzimmer kommen. Dort hatten wir genug Platz herum zu toben. Die Fipsi fand meine Bettchen und Höhlen total cool. Sie schaute mich fragend an. „Na klar darfst du sie benutzen." Fipsi staunte nicht schlecht, weil ich so viele Bettchen und Höhlen habe. Ich musste ihr erklären, dass ich sie alle brauchte, auch wenn sie es mit einem Kopfschütteln aufnahm.

So spielten wir fangen und rannten in die Bettchen und Höhlen. Davon war Fipsi ganz beeindruckt, als ich ihr erklärte aus der braunen Höhle und dem pinkschwarzem Haus würden mich Mama und Paps nie herausholen. Da konnte ich mich zurückziehen. Auch wenn wir spielten. So können sie immer abschätzen, wann ich mal eine Spielpause brauche.

Dass Frauchen von Fipsi war das peinlich, weil sie dachte, sie stört uns. Mama und Paps sind nie brummelig, also lud Mama sie ins Wohnzimmer ein und machte einen Cappuccino. Allerdings erklärte sie, dass es im Moment bei uns etwas chaotisch aussah.

Wir freuten uns sehr, so konnten wir noch eine Weile spielen. Paps machte in der Küche weiter. Nach dem Cappuccino musste Fipsi wieder gehen. Schade.

Ich hörte, dass sie die Küchenzeile wo die Wasserhähne angeschlossen sind, abrücken müssen, weil Paps die Außenwand isolieren möchte. Somit macht er dem Schimmelbefall den Garaus.

Ich wette, in der Zeit komme ich wieder voll auf meine Kosten. Malti-

Express ich komme. Und wieder hatten wir viel Spaß. Meine Menschen lieben es an mir, dass sie alles liegen lassen können, weil ich da nicht ran gehe. Das interessiert mich nicht so sehr. Ich gehe mal schnuffeln und gut ist. Ich räume das nicht weg. Das habe ich noch nie gemacht.

Am Abend geht es immer aufs Sofa und ich warte, bis ich meine Leckerchen bekomme.

Mama erklärte: „Ich möchte Tinka mal testen." Häh, mich testen? Womit denn?

Wir lagen und saßen entspannt auf dem Sofa. Da nahm Mama das kleine Eimerchen mit meinen Leckerlis, öffnete es und hielt sie mir hin.

Das ist doch ein Trick, dachte ich mir. So bekam ich doch noch nie meine Leckerlis. Ich wusste nicht, was ich tun sollte. Ich hätte mir ja gerne einen rausgenommen. Aber ich hielt mich zurück. Vorsicht ist die Mutter der Porzellanschüssel. Da hättet ihr meine Menschen sehen sollen. Total sprachlos waren sie. Tja ich kann auch das, obwohl mir das nicht so leicht gefallen ist, nicht mit meiner Schnute da rein zugehen. Mama wollte das kaum glauben, und sie sagte zu Paps: „Andere Hunde hätten schon die Hälfte weggefuttert."

Da haben wir es wieder, ich bin nicht die „anderen Hunde". Ich möchte sie schon einzeln haben, wie gewohnt. Daraufhin bekam ich doch gleich drei Stück. Hat sich doch gelohnt, meine Aktion. Und viele Streicheleinheiten gab es obendrein.

Nach drei Tagen waren sie mit der Küche fertig. Oh wie habe ich mich gefreut, als alles wieder an seinen Platz gestellt wurde. Ja so mag ich das. Nun konnte der Geburtstag von Paps kommen. Er ist rechtzeitig fertig geworden. Mama hatte da so ihre Zweifel, aber auch sie freute sich sehr.

Ich habe Paps nach Hundeart gratuliert. Lecken und schmusen. Selbstverständlich gab es auch den obligatorischen Kuchen für meinen Paps am Nachmittag.

Pünktlich zu seinem Geburtstag kam der bestellte neue Drucker und schon war Paps wieder beschäftigt.

Paps Geburtstag war wie immer sehr schön. Er wollte keine Feier, sondern nur mit uns drei feiern. Das ist immer sehr spaßig. Mama brauchte auch nicht kochen, sie holen dann immer das Abendessen aus dem Bürgerhaus. Um ehrlich zu sein, das ist meistens mehr ein toller Tag für mich. Mama und Paps verwöhnen mich total. Wir waren auch noch im Garten und hatten auch dort viel Spaß. Mein Leben ist wirklich himmlisch.

Mein Mondkörbchen

Mama hat von ihrer Freundin Gerda erfahren, dass es etwas Neues gibt. Ein Körbchen, das wie ein Mond ausschaut. Sie musste das nur noch Paps gut verkaufen, denn er ist der Meinung, ich hätte schon genug Körbchen. Stimmt schon, aber ich wusste, auf Mama kann ich zählen. Sie findet immer so schöne ausgefallene Stücke. Also unterbreitete sie ihm das und es kam, was kommen musste. Er sagte: „Sie hat doch schon genug."

„Ja aber das würde ganz toll hier im Büro neben meinem Schreibtisch passen. Nicht zu groß und doch hat sie genügend Platz".

„Und wenn sie das gar nicht mag?"

„Sie wird es lieben, glaube mir. Ich kenne doch unsere Tinka. Du weißt doch, wie gerne sie bei mir liegt."

Wer meinen Paps kennt, der weiß, wir beide brauchen nie lange, um ihn umzustimmen. Bei uns wird er ganz schnell weich.

Er seufzte und sprach: „Na gut, dann haben wir noch eins hier rumstehen."

Ich musste schmunzeln. Paps hat nicht immer Recht. Mama bestellte das Mondkörbchen, und als es kam, wartete sie, bis Paps von der Arbeit kam. Dann stellten sie es ins Wohnzimmer, weil dort mehr Platz ist. Wie sich jeder denken kann, war Mama mit dem Blitzeding wieder zur Stelle.

Ja dachte ich, als ich es sah, das könnte mir gefallen. Ich begutachtete es sehr genau. Dann ging ich hinein und wühlte das Kissen raus. Das Körbchen war gebogen wie ein Mond und an der Spitze vorne war ein kleiner gelber Stern angebracht. An der Seite war das Mondgesicht, zusehen. Ich hatte vielleicht eine Arbeit.

Aus dem Augenwinkel sah ich Paps, der sich zwar sehr freute, es aber kaum glauben konnte, wie sehr ich Feuer und Flamme war. Ich stellte gleich fest, dass der Stoff schön kuschelig ist. Das Kissen war auf der einen Seite blau mit kleinen Sternen und die andere Seite war beige und superweich. Da bettete ich gleich mein Köpfchen auf den Rand. Nach kurzer Zeit war ich schon wieder am Herumwuseln. Eine ganze Weile konnte ich mich damit beschäftigen. Ich hörte Paps zu Mama sagen: „Du hast mal wieder recht gehabt, sie liebt dieses

Körbchen. Mama lächelte nur. Sie wusste schon, auf was ich so stehe.

Nachdem ich fertig war, stellten sie das Mondkörbchen ins Büro neben Mamas Schreibtisch. Das ist so ideal für mich. Da liege ich immer drin, nur wenn es mir zu warm ist, lege ich mich auf das Laminat. Immer darauf bedacht, dass ein Beinchen von mir auf dem Körbchen liegt. Sehr zur Verwunderung meiner Menschen. Ja das ist sehr bequem.

Besuch bei Momo

Normalerweise bekomme ich immer mein Lieblingsknabberstäbchen, wenn Mama und Paps weggehen. Sie lassen mich nie lange alleine, nur wenn sie Termine zum Einkaufen haben, oder ein Arzttermin ansteht.

Heute wollten sie es mir perdu nicht geben, obwohl ich den schönsten Tanz vor der Leckerlischublade aufgeführt habe. Mama lachte mich an und meinte: „Nein meine Süße, wir nehmen dich mit. Keine Angst, es geht nicht zum Tierarzt", und sie schmunzelte dabei.

Wie habe ich das denn zu verstehen? Nah gut, ich bin gespannt, wo es hingeht. Paps schnappte mich, um mich zu kämmen, und er suchte eine schöne Schleife aus. Das hätte er sich sparen können, ich style doch sowieso um. Vor lauter Aufregung habe ich das total vergessen. Klar ist das Mama aufgefallen, und sie lobte mich dafür. Ts ts, kann ich nicht verstehen. Draußen durfte ich noch einmal auf die Wiese und schon ging es zum Auto. Das ist immer ziemlich langweilig, so machte ich ein Nickerchen. Dann waren wir am Zielort.

Hier war ich doch schon einmal, dachte ich mir. Paps nahm mich auf dem Arm und sie liefen zu einem Haus, klingelten und uns wurde auch gleich aufgemacht.

Mein Näschen täuschte mich nicht, hier roch es doch nach einer Katze. Sie ließen mich nach der Begrüßung runter und ich suchte ganz aufgeregt nach dem Streuner. Ich konnte ihn nicht finden. Mama stellte mir ein bisschen Trockenfutter hin und einen kleinen Entenstreifen. Dazu hatte ich jetzt aber keine Zeit. Ich suchte und suchte. Die Menschen machten sich über mich lustig, kann ich gar nicht leiden. Sahen sie etwas, was ich nicht sah? Ich folgte ihren Augen und da sah ich das Monster auf der oberen Treppenstufe sitzen. Ich darf keine Treppen rauf gehen also rief ich ihn runter. Aber er schaute mich nur an. Sagte keinen Ton. Mama erzählte mir, dass es Momo sei und der Kater wohnt hier und es ist sein Territorium.

Was heißt hier sein Territorium? Das ist doch immer meins. Ich legte mich auf die Lauer, aber nichts passierte. Momo traute sich wohl nicht runter und ich durfte nicht rauf. Ich schaute Mama strafend an, als sie zwei

Flaschenkörbe mitten in den Durchgang stellte, nur damit ich da nicht durchkam. Ich bin aber nicht dumm und suchte mir eine Spalte, wo ich durch konnte. Da kamen aber schon Mamas mahnende Worte. Die Menschen tranken Kaffee und aßen Kuchen. Gut, dass sie mich nicht bemerkten, so robbte ich mich immer etwas weiter vor. Natürlich sah es Mama, aber sie sagte nichts. Gut, also konnte ich noch ein Stück weiter nach vorne. Nichts geschah und Momo bewegte sich nicht, er schaute mich nur an. Ich schaute mir das Wohnzimmer weiter an und sprang auf das Sofa rauf. Von hier hatte ich einen guten Überblick. Pah, von wegen Momos Territorium, wo ich bin, habe ich das Sagen.

Später kam Momo herunter und ich ihm mit Geschrei hinterher. Leider schnappte mich Paps. Momo war auf der Lehne von dem Sofa und schaute mich an. Ich wartete, bis mich Paps wieder unter ließ, und schon machte ich eine Attacke auf Momo. Eigentlich wollte ich nur mit ihm spielen, aber hier glaubte mir das niemand. Paps kam zu mir und meinte, ich solle Momo in Ruhe lassen. Hey, das geht doch nicht. Und schon hatte ich wieder eine Lücke zwischen dem Katzenbaum und Sofa entdeckt. Mist Paps war schneller.

Dann machte Mama eine folgenschwere Aussage:

„Mach Tinka an die Leine, so ist das für alle Beteiligten besser."

Nee das wollte ich nicht, also startete ich noch eine Attacke auf Momo, und da ging wohl seine Geduld baden und er schlug nach mir. Paps erkannte das und nahm mich auf dem Arm und zog mir doch wirklich mein Geschirr an und hielt die Flexileine recht kurz. So konnte ich Momo nicht erwischen. Und dann wurde er dreist. Zeigte sich komplett in seiner vollen Größe. Der Angeber, nur weil er größer war als ich, machte er einen auf Molly. Als ob er die Schlacht gewonnen hat. Der soll bloß nicht so tun. Dann kam er auch noch ganz frech an mir vorbei und legte sich zwischen den Blumentöpfen, die auf dem Boden standen. Momo hat wohl gesehen, dass ich an der Leine war. Paps sagte zwar immer, ich soll lieb sein, aber diesen Gefallen konnte ich ihm beim besten Willen nicht tun. Und Mamas Aussage ging schon mal gar nicht: „Tinka, das ist hier Momos Revier und du musst das akzeptieren."

Nee muss ich nicht und tue ich auch nicht. Grrrrh, wenn ich doch nur an Momo herankommen würde. Aber es klappte den ganzen Abend nicht. Irgendwann ging es dann nach Hause und ich war so richtig geschafft. Ich bin im Auto sofort eingeschlafen. Als wir wieder zu Hause waren, noch einmal auf die Wiese und oben schmiss ich mich ins Ecksofa und bin sofort eingeschlafen.

Überraschung für mich

Da ich im Juni Geburtstag habe, ist meistens auch immer schönes Wetter.

Am Nachmittag gehen wir meistens in den Garten, wo wir viel Spaß haben. Mein Geburtstag ist immer ein besonderer Tag. Ich fühlte das schon am Morgen. Mama und Paps gratulierten mir, ich bekam viele Streicheleinheiten. Hmm, warum gratulieren die Menschen? Komische Angewohnheit, aber mir gefällt es. Um den 7. Juni veranstalten sie immer eine Betriebsamkeit, die mich hellhörig macht. Und um alles wird ein Geheimnis gemacht. Letztes Jahr wurde mein Paps ein paar Tage vorher schon ganz geschäftig. Er hatte Rohre und Holz mitgebracht. Natürlich musste ich erst alles ganz genau inspizieren. Da standen auch ein paar Dosen mit Farbe herum. Was hat er denn vor? Diese Teile sagten mir rein gar nichts, was er damit machen wollte. Ich legte mich auf die Lauer. Das hat Mama mir schon oft gesagt, dass Paps alles im Kopf hat. So auch dieses Mal. Somit konnten ihn auch keine Skizzen verraten. Mama schwieg auch. Und dann fing das an, was ich überhaupt nicht ab kann. Paps machte einen Höllenlärm. Ich ging sofort zu Mama und erklärte ihr, dass ich jetzt mal auf ihren Arm wollte. Das klappt immer ganz gut.

Sie lässt dann alles Stehen und Liegen, und kümmert sich um mich. Man muss sein Personal nur richtig erziehen. Paps werkelte ein paar Tage. Mittlerweile war er mit Bohren und Hämmern fertig. Beide waren dann öfters auf dem Balkon, wo sie mich nicht mitnahmen. Hey, was geht denn da ab, dachte ich mir. Ich darf doch sonst überall mit. Ich hörte Mama sagen: „Oh wie toll." Ja was war denn so toll? Die Neugier nagte ganz schön an mir. Sie haben mich aber immer ausgeschlossen. Das kenne ich so gar nicht. Ich bin doch hier die Prinzessin. Ich legte mich in mein Mondkörbchen und muss durch das viele grübeln wohl eingenickt sein.

Dann kam endlich mein Geburtstag. Ich wurde 6 Jahre alt und ich war mordsmäßig gespannt, was ich wohl bekommen würde. Bei uns gab es an Geburtstagen immer Geschenke. Auf einmal wurde ich ins Büro eingesperrt.

„Hallo, ihr könnt mich doch nicht vergessen?"

Dann ging die Tür wieder auf und Mama rief mich. Vermutlich waren sie im Wohnzimmer. Ich komme nicht immer gleich, wenn sie mich ruft, ganz so, wie ich Lust habe.

Aber dieses Mal hörte es sich anders an und das veranlasste mich doch sofort, ins Wohnzimmer zu gehen. Mama schaute mich neugierig an. Und natürlich hatte sie ihr Knipseding wieder in der Hand.

„Schau mal Tinka, das ist für dich.

Dann sah ich es, mein eigenes Schloss in meiner Lieblingsfarbe Pink und die Turmspitzen waren blau. Zwischen den Türmchen war ein Banner und Mama las mir vor, dass dort „Happy Birthday" draufstand. Auf den Türmchen war rechts und links ein Fähnchen mit meinem Konterfei darauf. Und auch über dem Eingang war mein Bild darauf. Das war schon toll, aber mehr interessierten mich die Würstchen, die an Seilen herunterhingen, die waren lecker. Danach inspizierte ich mein Schloss. Auch dort waren ein paar Leckerlis drin. Ich lief zu Paps zurück. Also das war der Grund, warum er nicht so viel Zeit für mich hatte. Nah ja, ich verzeihe ihm. Dafür war Mama mehr für mich da. Es wurde noch ein toller Tag mit vielen Spielen und Leckerchen. Obligatorisch gab es noch die Geburtstagstorte.

Ich glaube, die war mehr für Paps gedacht. Ich bekomme immer ein kleines Stückchen ab. Mein Schloss gefiel mich echt gut. Hier könnt ihr es bewundern.

Labertier

Wie ihr euch sicher vorstellen könnt, war Weihnachten wieder chaotisch, obwohl durch die Krankheit von Paps es ein ganz kleines bisschen weniger wurde. Mal unter uns gesagt, das weniger hat man kaum gemerkt. Sie haben sich nur mit der Dekoration etwas mehr Zeit gelassen.

Am 05. Dezember musste Paps wieder mit dem Rettungswagen ins Krankenhaus. Und ich musste hier wieder einmal die Stellung halten. Klar habe ich Mama unterstützt, wo ich konnte. Sie war auch wirklich lieb zu mir und ist mit mir auch laufen gegangen. Wir haben dann nur eine kleinere Runde gemacht, aber das war in Ordnung. Ich bekam ganz viele Streicheleinheiten. Am Abend habe ich Paps schon sehr vermisst. Mama sagte mir, in ca. 3 Tagen würde Paps wieder bei mir sein. Hmm, was sind drei Tage? Ist das sehr lange? Mama versuchte, es mir zu erklären. Sie brachte mir auch leckere Beinscheiben mit, die sie nur für mich kochte. Waren die Lecker. Auch mein geliebtes Leckerlispiel machte Mama mit mir. Ich habe es echt gut getroffen. Und am Abend die Kuschelrunde auf dem Sofa. Die liebe ich total.

Was habe ich mich gefreut, als Paps endlich aus dem Krankenhaus kam. Ich habe ihn keine ruhige Minute gelassen. Nun war ich dran und ich bekam wie gewohnt meine Streicheleinheiten von ihm.

Es kam der Hauptweihnachtstag der Menschen. Sie nennen ihn „Heiligen Abend." Kurz vorher wurde schon so geheimnisvoll getan. Ich schaute immer öfters zum Kamin, wo unsere Socken hingen. Auf einmal war mein Socken ganz ausgebeult. Ich war schon etwas aufgeregt. Und wie immer an diesem Tag konnte Paps nicht bis abends warten. Ich auch nicht. Dann kam er mit meinem Socken zu mir runter und wir schauten, was da so drin war. Ich konnte schon die Leckerlis erspähen.

Und dann war da noch ein größeres Etwas drin. Es sah aus wie ein Schaf. Erinnerte mich an unsere kleinen Schäfchen. Paps stellte es vor mir hin und sagte etwas und das Schaf plapperte ihm nach. Ich beäugte es sehr genau. Meine Revalitätshaare stellten sich auf Warnungsempfang. Ich passte ganz genau auf. Dann knurrte ich es an. Was soll ich euch sagen, das dumme Schaf knurrte zurück. Das kann ich ja gar nicht leiden. Es führte sich hier auf, wie Molly. Mama und Paps schmunzelten. Dann bellte ich das Schaf in Grund und Boden. Was nimmt es sich hier heraus? Es bellte auch sofort zurück.

Häh? Ein dummes Schaf, was bellen kann? Also änderte ich meine Taktik und stellte mich auf Ignorieren. Ich widmete mich meiner Leckerchen. Paps stellte das Schaf ans Fenster, wo ich immer raus sah.

Welche Strategie verfolgte er, überlegte ich mir. Es vergingen einige Tage und ich lag am Fenster und hing meinen Gedanken nach, als ich einen Hund auf dem Parkplatz sah. Das ging ja mal gar nicht. Und ich zeigte ihm durch mein Bellen, dass er Land gewinnen sollte. Und auf einmal bellte

das Schaf wieder zurück und ich ver-
stummte sofort. Ich drehte mich ganz
langsam zu dem Schaf um. Fixierte es
mit den Augen und zischte ihm zu:

„Noch ein Ton von dir und du
wirst den Morgen nicht erleben. Hast
du verstanden"

Das war mir schon klar, das es Paps
und Mama gut gefiel. Sie ermahnen
mich schon das eine oder andere Mal,
dass ich nicht so laut bellen soll. Hunde sind nicht dumm. Ich insbesondere
nicht. Ich wusste, Mama und Paps
sind oft im Büro. Ich änderte meine
Strategie.

Also knurrte ich leise, was auch das
dumme Schaf nachmachte. Und ich
hatte Geduld, sage ich euch. Ich machte das so lange, bis das Schaf endlich
das Maul hielt. Das gelang mir relativ
schnell. Dann konnte ich bellen, ohne

dieses affige Nachahmen vom Schaf. Ich war sehr zufrieden mit mir.

Mama fragte Paps, warum das Schäfchen, wie sie es nannte, nicht mehr antwortete. Paps stellte fest, dass die Batterien immer sehr schnell leer waren. Er konnte sich das nicht erklären.

„Ich habe schon die besten Batterien gekauft."

Ich sah ihm wohlwollend an, grinste in meinen Bart und lächelte zufrieden. Tja gewusst wie.

Nach einer Weile stand das dumme Schaf nur so rum, ohne einen Ton zu sagen. Meine Warnung hatte gewirkt.

Liebe Menschen, das war nicht der Renner für Weihnachten, aber mir reichen eure Liebe und die Streicheleinheiten, die ich von euch jeden Tag bekomme, die sind mir Geschenk genug.

Das dumme Schaf könnt ihr wieder umtauschen. Mir war es egal, solange wie es seine Klappe hielt.

Noch ein Wort über meinen Paps zu Weihnachten. Das sollte auch nicht unerwähnt bleiben. Er hat doch tatsächlich mein Schloss mit Weihnachtsdeko „verschönert." Nur Mama war nicht mit allem einverstanden. Sie wollte bunte Lichter an den Türmen. Die weiße Lichterkette gefiel ihr nicht. So versprach Paps, nächstes Jahr bunte Lichterketten zu besorgen. Ist ja nicht so einfach, weil das Schloss nicht so groß ist. Ich gehe jede Wette ein, dass Mama das alles rechtzeitig besorgt. Man darf gespannt sein.

Mama las mir eine Geschichte vor, die mir so richtig gut gefallen hat, dabei musste ich an meiner Penny denken. Ich möchte sie euch gerne weitergeben:

Wenn es kurz vor Mitternacht wird am Heiligen Abend, beginnt etwas Wunderbares hinter der Regenbogenbrücke. Wenn du ganz aufmerksam hinhörst, kannst du die hören, bei den Vorbereitungen für ein rauschendes Fest. Unsere Lieblinge purzeln kichernd im hohen Gras herum, fangen Schmetterlinge, kugeln munter umher, bis ihre Kicheranfälle die außer Puste und taumelnd stoppen lässt. Die Geräusche werden lauter, als alle gemeinsam mit großem Entzücken, den Weihnachtsengel entdecken. Das Wasser des gluckernden Baches unterhalb der Regebogenbrücke lässt ihre Herzen groß werden und sie freuen sich auf das jährliche Fest. Inmitten des glücklichen Chores unserer Brückenkinder sind die Engel dabei, unseren Kleinsten, den wunderbaren

Weihnachtsbaum zu zeigen und sie zu beschützen. Überschäumende, blinkende Sterne sinken elegant vom Himmel und landen weich und schimmernd, genau vor dem himmelsgleich schönen Weihnachtsbaum unserer Lieblinge. Überall rundherum finden sich ihre Frauchen und Herrchen und all ihrer Lieben. Der Gesang ihrer Weihnachtslieder erfüllt die Luft und unsere Lieblinge fühlen sich so wohl, wie schon lange nicht mehr. Wie Magie schlägt die kleine Glocke Mitternacht und ergreifende Geräusche kommen von weither. Jedes unserer Brückenkinder lauscht aufmerksam, genau wissend, dass die Zeit nahe ist. Jedes von ihnen sucht sich eine Wolke zum Ankuscheln. Plötzlich wird es still hinter der Regenbogenbrücke, viele suchen die Nähe der Engel und ihrer beschützenden Flügel. Der Brückenwächter bringt für jeden einzelnen von ihnen nun

94

ein Geschenkpäckchen und noch jedes unserer Brückenkinder findet sein spezielles, nur für ihn liebevoll mit goldenen Bändchen versehenes Päckchen. Die Luft ist erfüllt von einer ganz speziellen Aura, die Kerzen leuchten ganz besonders hell und alle sind sehr gespannt. Wie auf Kommando öffnen alle ihre Geschenke, die goldenen Bändchen fliegen nur so davon, und als die goldenen Sterne erschöpft zu Boden sinken, steigt aus jedem Geschenkpäckchen das größte, allergrößte Geschenk für jedes Brückenkind hervor - unendliche, bedingungslose, alles umgreifende Liebe. Diese unendliche Liebe ist es, die es ausmacht, dass unsere Kinder so glücklich sein können, hinter der Regenbogenbrücke und so geduldig auf uns warten. Der Engelschor stimmt ein zauberhaftes Lied an für unsere Kinder dort und erzählt ihnen von der Liebe ihrer Menschen.

Die Distanz zwischen Himmel und Erde ist verschwunden. In diesem Moment hilft der Brückenwächter mit seinen Engeln, seinen Kindern und dem warmen Gefühl von Weihnachten, uns auf der Erde eine Nachricht zu senden, die Nachricht ihrer unendlichen Liebe zu uns, ausgebreitet auf den Schwingen der Engel, die auch uns erscheinen am Heiligen Abend. Aufmerksam hinhörend und nur mit offenem Herzen können wir die so vertraute Stimme hören, die uns eine Botschaft bringen: " Lass uns dir unsere Liebe schenken, auf immer und auf ewig. Wenn Du uns brauchst, sind wir für dich da. Wir haben Dich nicht verlassen, wir sind immer in Deinem Herzen, da wo wir hingehören. Unsere Liebe ist so unendlich wie das Leuchten der Kerze und dieses Leuchten der Kerze erleuchtet den Weg zum Himmel und zur Regenbogenbrücke".

Wir werden hier geduldig auf Dich war-
ten, bis zu unserem unumgänglichen und
wunderbaren Wiedersehen, und wir wer-
den Dich immer lieben.

(Verfasser unbekannt)

Ich finde diese Geschichte wirklich
sehr schön. Das könnte viele Menschen trösten, die ihr Tier verloren haben. Und ich sehe meiner Penny im
Geist um den Weihnachtsbaum he-
rumspringen.

Mein virtueller Freund

Die Bücherschränke hier platzten aus allen Nähten und Mama überlegte, wem sie die Bücher schenken könnte. Da Mama sehr sozial eingestellt ist, denkt sie nicht zuerst ans Verkaufen, sondern freut sich, wenn sie anderen eine Freude machen kann. Sie erzählte mir, von der Mama eines kleinen süßen Hundes namens Gizmo. Sie kennt sie nur aus dem Internet, ich habe mir jedoch sagen lassen, dass dadurch schon richtige Freundschaften entstanden sind.

Selbst dann, wenn man sich persönlich nicht kennt. Wer weiß, vielleicht kommt es ja noch. Ich wäre nicht abgeneigt, Gizmo kennenzulernen. Wie ich heute hörte, ist er genauso alt wie ich. Gizmo ist nur einen Monat älter.

Ich habe Bilder von ihm gesehen. Da muss ich echt sagen, dass er ein kleiner schnuggelicher Kerl ist.

Ganz meine Kragenweite. Gizmo ist ein kleiner süßer Yorkshire-Chihuahua-Mix. Also ein besonderer Gatomi, was so viel heißt wie: Ganz tolle Mischung und das ist Gizmo allemal. Er ist bestimmt der Liebling der Familie.

Neben Gizmo gibt es noch die Wachtelhunde Falko und Kenzo. Die stelle ich mir gemütlich vor, nicht so wie meine Feindin Schäferhündin zwei Häuser weiter.

Die Katzen Bessy und Karlchen wurden 2003 im Reitstall gefunden. Sieh an, sieh an, das scheint es wirklich zu geben, dass sich Hunde und Katzen verstehen.

Nach meinen Recherchen gehören noch die zwei Shetlandponys Rubiana, genannt Ruby und Karlchen sowie der Ziegen-Mama-Blacky und ihre Tochter Susi dazu.

Das ist ja nun wirklich witzig. Blacky ist ganz weiß und hat nur am Kopf schwarze stellen. Obwohl nicht alle Tiere direkt am Haus wohnen, hat Gizmo immer Gesellschaft. Er führt schon ein tolles Leben. Ach könnte ich doch in seiner Nähe wohnen. Wir hätten bestimmt viel Spaß. Auf so ein

Pony würde ich gerne mal reiten. Von da oben hat man bestimmt einen tollen Ausblick.

Wie ich hörte, hasst Gizmo es genauso wie ich, im Regen raus zu gehen. Er wird mir immer sympathischer.

Mama hat auch schon Bilder von Gizmo und mir gebastelt. Aber ich schweife träumerisch vom Thema ab. Also Gizmos Mama hat sich über die Bücher sehr gefreut. Man das war vielleicht eine große Kiste. Ich hätte sie nicht anheben können.

Und dann erfuhr ich aus sicherer Quelle, dass Gizmo mir ein Päckchen schicken wollte. Man was war ich aufgeregt. Ich ließ mich noch einmal richtig schön Kämmen. Ja ihr habt richtig gehört, ich wollte meine Schönheit noch etwas hervorheben. Was wäre,

wenn Gizmo mit dem Päckchen gekommen wäre? In diesem einen Fall
habe ich mich nicht umgestylt. Mama
konnte das nicht verstehen. Na ja, sie
ist ja auch kein Malteser.

Ich bat sie mal nachzuschauen, wie
weit Gizmo von uns weg wohnt. Sie
nahm mich auf dem Arm und so
schauten wir uns das im Internet genau an. Aber dann sagte Mama zu
mir:

„Tinka, Gizmo wird bestimmt nicht
vorbei kommen. Schau mal das sind
knapp 3 Stunden Autofahrt. Und von
ihm zu uns sind 16 Baustellen. Da
kann man sich vorstellen, dass sich
der Weg nochmals verlängert. Auch
du würdest nicht gerne so lange im
Auto fahren. Lass uns lieber nur auf
das Päckchen warten."

Ein bisschen bedröppelt schaute ich schon. Na gut, dann warten wir eben. Jeden Tag um die Mittagszeit schaute ich zur Tür. Wann kommt denn mein Päckchen?

Eines Tages war es soweit. Paps kam mit dem Päckchen zur Wohnungstür herein. Wie das so bei uns üblich ist, bekam ich jedes Päckchen zum Schnuffeln. Ich konnte es nicht abwarten, bis sie es für mich öffneten. Und dann sah ich meine Geschenke. WOW, da waren drei verschiedene Sorten Leckerlis drin und alle, wirklich alle waren auch meine Lieblingsstücke, die ich auch sehr mag. Ich drängelte Paps, endlich die Tüte aufzumachen. Da waren leckere Fische drin. Das war was Feines. Mama sagte gleich:

„Schau mal Tinka, alle drei Sorten magst du auch. Ehrlich, ich habe es Gizmo nicht verraten."

Ich grübelte noch, woher er das wissen konnte. Denn über das Internet hätte er nicht in unserem Schrank sehen können. Das konnte ich schon mal ausschließen.

Nach einer Weile endete meine Grübelei, denn sie hat von der Mama von Gizmo erfahren, dass er eine Allergie hat und eben diese Sachen auch futtern kann und mag. Na ja dann….

Ich muss schmunzeln, Mama nennt ihn immer den kleinen Charmeur. Ob er das ist, kann ich nicht überprüfen. In diesem Fall glaube ich mal Mama.

Dann noch einmal an dieser Stelle. „Wuffigen lieben Dank lieber Gizmo. Das hat mich wirklich sehr gefreut. "

Schmerzhaftes Zusammentreffen

Es war ein schöner angenehmer Tag und ich war mit meinen Menschen im Garten. Es wehte ein leichter Wind, was die 30°C doch sehr erträglich machten. Ich lag auf dem Rasen und schaute so in die Landschaft. Wie immer entging mir nichts, weil ich sehr wachsam war. Hin und wieder musste ich mein zartes Stimmchen erheben, wie Mama mein Bellen nannte, wenn sie mich ermahnte, nicht zu laut zu sein.

Auf einmal sah ich sie – ich witterte sie schon. Sie war an der Leine ihres Herrchens, das konnte ich sehen. Nur sie hatte den Stock nicht mehr im Maul, was eigentlich ihr Erkennungszeichen war. So etwas brauchen wir Hunde natürlich nicht, wir haben ein

Gespür dafür. Da war meine Erzfeindin in Form einer Schäferhündin.

Ich schoss zum Gartenzaun und bellte sie in Grund und Boden. Mama und Paps waren dieses Mal nicht so schnell bei mir. Ich schaute durch die Gitterstäbe, weil ich diese Hündin angehen wollte. Auf einmal ein großer Schmerz, ich schrie fürchterlich. In dem Moment nahm mich Mama hoch und das Blut spritzte aus meinem kleinen Mäulchen. Ich hatte fürchterliche Schmerzen. Paul der Besitzer der Schäferhündin riss sie noch zu sich. Da sie aber an der Flexileine war, ging das auch nicht so schnell. Sie hatte mich wirklich gebissen. Paul war sehr besorgt und sagte immer, Mama und Paps sollen auf mich achten. Na das tun sie doch sowieso.

Ich leckte mir das Blut weg und bald hörte es auf, zu bluten. Ich spürte Mamas Herz, wie aufgeregt sie war. Paps versuchte zu sehen, was mir fehlte, aber ich ließ ihn nicht ins Mäulchen schauen. Die Schmerzen waren zu groß. Paul meinte dann noch zu Paps, er soll ihm bitte Bescheid sagen, wie es mir ging.

Wir gingen nach oben und ich musste mich ausruhen. Mama bediente sich einer List und gab mir ein Leckerli, damit wollte sie testen, ob es mir gut ging. Sie machte das Leckerli ganz klein und so brauchte ich es nur zu schlucken. Und schon hab ich sie dran gekriegt. Sie wiegte sich in Sicherheit, dass mir nichts fehlte. Aber sie dachte darüber nach, warum ich so geblutet habe. Sie meinte, ich sah aus, wie ein kleiner Vampir. Na ja, darüber sah ich mal großzügig hinweg.

Später gab sie mir mein geliebtes Entenknabberstäbchen. Ich konnte es nicht kauen, ich hatte solche Schmerzen. Aber wir Hunde zeigen das nicht so. Als Mama das Stäbchen in meinem Körbchen liegen sah, sagte sie sofort, dass ich doch etwas habe. Das sah auch Paps ein und er schaute mir ins Mäulchen, was ich aber nur ein wenig zuließ. Da sah er aber schon ein Teil des Schadens. Mir wackelte ein Eckzahn. Klar machte Mama sich wieder große Sorgen.

Paps ging zum Telefon und rief unseren Tierarzt an. Ich wollte ihm noch mitteilen, dass es doch nicht so schlimm war und er es sich sparen konnte. Aber wie mein Paps nun einmal war, hörte er nicht auf mich. Ich hörte nur was von übermorgen 10 Uhr. Mir war zu dieser Zeit nicht bewusst, was das genau zu bedeuten hatte. Denn ich war noch immer von dem feigen Angriff sehr geschockt. Ich zitterte ein bisschen. Meine Menschen verwöhnten mich noch ein bisschen mehr, als sie es sonst schon taten.

Hier muss ich mal erwähnen, dass ich es bei meinen Menschen wirklich gut getroffen habe. Hätte ich diese Schmerzen nicht, dann hätte ich ein saugutes Leben hier. Ich bekam nur noch weiches Futter, was ich auch zu mir nehmen konnte. Mama schnitt meine Leckerlis ganz klein.

Paps fuhr noch am gleichen Abend in den Baumarkt und kaufte einen dünnen Drahtzaum, den er an das Tor anbringen konnte, was er auch gleich tat. Nun konnte ich nicht mehr meinen

Kopf durch die Gitterstäbe stecken. Schade eigentlich, ich sah gerne die Straße rauf und runter.

Dann kam der Freitag und ich bekam kein Frühstück. Ich brach fast in Panik aus:

„Hey ihr habt mich vergessen, das geht doch nicht. ICH HABE HUNGER." Nichts passierte. Mama sagte, ich könnte von ihr ganz viele Knuddeleinheiten haben.

„Halloooo macht das satt? – Nein. Also los, ich will mein Futter haben." Auf irgendeiner Weise blieben sie stur. Paps kämmte mich, und als ich fertig war, gab er mir ein halbes Leckerchen. Na wenigstens etwas. Im gleichen Moment rief Mama von der Küche aus:

„Denk dran, Tinka darf nichts fressen."

Trallalala zu spät schon in meinem Bäuchlein drin, freute ich mich.

Mama schimpfte mit Paps, und er sagte, dass es die Gewohnheit war. Er hatte nicht mehr daran gedacht.

Immer wenn Mama sich ausgehfein macht, gehen sie einkaufen oder zum Arzt. Ich bleibe dann zu Hause und ich weiß, ich bekomme leckere Stäbchen. Alleine bleiben kann ich, das ist kein Problem. Aber an diesem besagten Freitag gab es nichts, weil sie mich mitnahmen. Das war soweit OK, bis ich geschnallt habe, wo es hingeht.

„Nein, das könnt ihr mir doch nicht antun. Ich will nicht zum Tierarzt."

Ich versuchte, es ihnen klar zu machen, dass wir da nicht hinmüssten. Als Paps parkte und wir ausstiegen, hat er mich auf den Arm genommen und faselte was von: „Ist nicht schlimm." Ich sah ihn an und dachte mir, ja das glaubst du. Lass mich runter und ich zeige dir, wo hin ich will. All meine Überredungskunst scheiterte. Dann klingelte Paps und kurz danach machte uns der Tierarzt auf. Ihr glaubt, das gar nicht, ich zitterte vor Angst wie Espenlaub. Und da kam wieder sein freundliches Lachen. „Aber Tinka, so schlimm bin ich doch nicht. Ist doch alles gut."

Wer es glaubt, dachte ich. Stimmt ja schon, er ist freundlich und er hat mir auch noch nie ernsthaft wehgetan. Aber wenn ich dort bin, gehen alle meine Alarmlampen an.

Wir mussten ins Wartezimmer. Niemand war dort. Ich war sehr nervös und ich überlegte, wie ich dort abhauen könnte, aber Paps hatte mich an der Leine. Dann wurden wir aufgerufen. Der Tierarzt ließ sich erzählen, was vorgefallen ist. Danach schmunzelte er und sprach mich an:

„Tinka ich wundere mich über deinen Mut, dass du dich mit einem Schäferhund einlässt und bei mir solche Angst hast."

Klar bin ich mutig, nur hier nicht. Ich habe sonst vor niemanden Angst. Dann wog mich der Tierarzt.

Glaubt er denn, dass ich zugenommen habe? Frechheit. Ich doch nicht. Dann sagte er 3,6kg. Genau richtig für einen Malteser.

Klar ich achte auch auf meine Figur. Aber nun beschlich mich das Gefühl, er wollte mein Gewicht aus einem bestimmten Grund wissen. Dann machte er sich an seinem Schrank zu schaffen. Die Spritze sah ich nicht, weil ich auf

Mamas Arm war. Den Piks auch nicht. Nach einer Weile wurde ich sehr müde und schlief ein.

Als ich wieder erwachte, wusste ich nicht, wo ich war. Oh man, was haben die mir denn für Drogen gegeben? Ich war noch halb im Lalaland. Dann sagte der Tierarzt, was er so festgestellt hat. Leider musste er mir zwei Zähne ziehen. Und er stellte fest, dass meine Unterkieferspitze leicht lose war. Und ich sollte für 2 Wochen nur weiches Futter bekommen. Sollte das nicht helfen, könnte ein Draht in den Kieferknochen eingeführt werden. Paps und Mama erschraken. Ich habe das alles nicht so mitbekommen, weil ich noch nicht meine Aufwachspitze bekam. Nur so konnte der Tierarzt es ihnen zeigen. Dann bekam ich diese Spitze und so langsam kam ich so richtig zu mir. Mein Köpfchen ging hin und her. Und auch da wunderte sich der Tierarzt, dass ich ihn schon heben konnte. Er nahm an, dass ich bald wieder fit bin. So war es auch. Im Auto war ich schon ganz gut drauf.

Der Tierarzt erklärte aber auch, dass ich ganz viele Schutzengel hatte. Denn hätte der Schäferhund meinen ganzen Kopf erwischt, wäre ich garantiert bei den Engeln oben. Dann wäre mein Genick gebrochen. Das wollte ich aber auch noch nicht. Er erzählte Mama und Paps eine Geschichte.

Es war eine Familie, die um ihr Grundstück eine hohe Mauer hatte. An einer Stelle weiter unten war eine Glaskuppel angebracht. Der Tierarzt wunderte sich zuerst, wozu die wohl gut war. Er ließ es sich erklären und sah es dann auch. Das war ein Guckloch für den Hund, durch die Glas-kuppel konnte der Hund die Straße hoch und runter schauen. Das gefiel mir.

Pappppppaaaaaaaa……

Mama schrieb das kurz auf ihrer Facebook-Seite und sie erzählte mir, dass ganz viele Leute mir gute Besserung wünschten. WOW, das fand ich toll. Ist doch immer schön, wenn man Freunde hat. Einen Tag später erzählt sie mir wieder, wie viele Leute sich freuten, dass es mir besser ging. Nun hoffen wir alle, dass es mit meinem Kiefer noch in Ordnung kommt, dann ist alles paletti.

Ich lag am OP-Tag nachmittags bei Mama im Büro und es klingelte an der Tür. Ich musste mich drei Mal übergeben, daher war ich etwas schlapp und ging nicht zur Tür. Paul war das, er wollte wissen, wie es mir ging. Das fanden wir aber lieb. Er war sehr bestürzt, dass ich doch operiert werden musste. Paps sagte ihm auch, dass er nur die Hälfte von der Rechnung haben wollte. So kann man sich auch einigen und erhält so die gute Nachbarschaft. Später kam er noch einmal vorbei und fragte, ob wir auch mit 20€ zufrieden seien, sie hätten die Arbeit verloren. Natürlich war Paps zufrieden. Nur Mama wunderte sich, warum sie bei einem Schäferhund keine Tierversicherung haben. Das könnte noch einmal sehr teuer werden. Nicht jeder ist zufrieden, wie es Mama und Paps waren. Das Geld haben sie bis heute nicht bekommen. Mittlerweile hörten wir, dass es mehrere Probleme mit dem Schäferhund gab. So gesehen, bin ich froh, dass Paps den Zaun an unser Tor gemacht hat.

Seitdem Vorfall meiden sie uns. Die Frau geht schnell weg, wenn sie uns sieht. Und Paul geht einen anderen Weg, obwohl durch den zusätzlichen Zaun nichts mehr passieren kann.

Eine unglaubliche Geschichte

Als es mir wieder besser ging, konnte ich mich auch wieder meiner Tätigkeit als rasende Reporterin nachgehen. Ich hatte einen Tipp bekommen, dass im Märchenwald nicht alles mit rechten Dingen zugeht. Man sagte mir, dass ich helfen muss. Ich schnappte mir mein Mikrofon und machte mich auf den Weg. An der Stelle, wo die Mammutbäume standen, sah ich eine kleine Fee, die ganz jämmerlich zitterte. Ich fragte sie, was los sei. Sie weinte bitterlich und war total aufgelöst. Ich setzte mich zu ihr und legte ganz sacht meine rechte Pfote um ihre Schulter. Nach einer ganzen Weile fing sie zu erzählen an:

„Die Trolle sind wieder hier und machen uns das Leben schwer. Wir haben kaum noch Feenstaub. Schau dir nur mal meine Kleider an."

In der Tat musste ich zugeben, ihre Kleider hatten sehr an Farbe eingebüßt. Ihr Rock sah grau aus. Die Feen haben sonst so schöne Regenbogenfarben in ihren Kleidern.

„Habt ihr denn niemand der euch hilft? Den Trollen muss man doch zu Leibe rücken können. Die können doch nicht hier antanzen und solchen Unfrieden stiften."

So niedlich, wie die kleinen Trolle aussehen, steckten in manchen noch immer die bösen Geister. Ich sah zwei Trolle, die sich ein Feuer gemacht haben. Über den Topf hatten sie eine Fee gefesselt und wollten sie über dem Feuer braten. Ich lief sofort hin und stieß den Kopf um und pustete das Feuer aus. Die Trolle konnten gar nicht so schnell reagieren, wie ich sie in die Ecke drängte. Sie trauten sich nicht, zu rühren. Schnell rannte ich zu der Fee und biss ihr die Fesseln los. Sie war schon sehr schwach und ihr Kopf war feuerrot von der Hitze. Ich schaute mich um, und fand eine Pfütze. Mit der Zunge nahm ich das Wasser auf und benässte ihre Stirn, damit sie wieder etwas abkühlte. Sie rieb sich die Handgelenke, wo die Fesseln waren. Als sie sich erholte, fing ihre Kleidung an, sich wieder in die Regenbogenfarben zu verwandeln. Dann sprach sie mich an.

„Du bist bestimmt Tinka aus der Menschensiedlung, habe ich Recht? Jetzt erkenne ich dich, du bist doch die rasende Reporterin von der Reaktion Tinka-Post. Dein spezielles Mikrofon ist schon legendär. Ich danke dir von

Herzen, aber woher wusstest du, dass ich hier bin?"

„Ja ich bin Tinka, wie ich höre, eilt mir mein Ruf voraus. Ich habe euren Hilferuf wahrgenommen und dann bekam ich auch einen Tipp von meinem Informanten. An den Mammutbäumen traf ich die kleine Fee Magnolie. Sie hatte noch etwas von ihrem Zaubertrank, so konnte sie mich etwas kleiner schrumpfen. Ich hoffe doch sehr, dass sie nicht vergisst, mich wieder in meine normale Größe zu verwandeln."

„Ganz bestimmt vergisst sie es nicht. Wir sind dir sehr dankbar, dass du uns geholfen hast, aber das ist noch nicht vorbei. Auch andere Feen wurden von den Trollen gefangen genommen."

Ich sah aus dem Augenwinkel, wie sich die beiden Trolle versuchten wegzuschleichen. Daraufhin hielt ich sie an und warnte sie. Dann sah ich mich um, und entdeckte ein Gefängnis aus Bambus. Das Gefängnis war an einem Seil befestigt. Ich verfolgte das Seil und sah, dass man es an einem Baum hochziehen kann. Ich sah zu den Trollen und zum Gefängnis. Den Trollen wurde angst und bange, denn sie verfolgen meinen Blick.

„Kommt mal her ihr Ganoven. Los los, aber dalli." Ich öffnete das Gefängnis und machte eine Pfotenbewegung, was die Trolle als Einladung verstanden. Sie sollten dort hinein. Der eine Troll versuchte, zu fliehen, aber ich hatte ihn genau im Auge:

„Denk besser nicht daran, mit mir ist heute nicht zu spaßen."

Ängstlich schlichen die Trolle in das Gefängnis. Ich verschloss die Tür.

„Ja ich finde, ihr habt das schon recht solide gebaut. Da kommt ihr nicht so schnell heraus. Dann bat ich die Fee, sie möge mir ein bisschen von meiner normalen Größe zurückgeben. Als das geschehen war, zog ich an dem Seil und das Gefängnis bewegte sich in die Höhe. Ich verschnürte es an dem anderen Baum, So war es sehr fest und das Gefängnis baumelte in der Höhe. Man hörte die Trolle schimpfen und zetern.

„Mist aber auch, dass es ausgerechnet uns passieren musste. Das gibt doch nur wieder Ärger in der Zentrale. Dabei war bisher alles so einfach."

„Ja meinte der andere Troll, wir haben wieder ganz schön viel Mist gebaut."

Ich sah nach oben und erkannte den Papagei Profan. Ich rief ihn zu mir.

„Profan, ich brauche deine fe." Als Profan Tinka erblickte, kam er sofort herunter.

„Kannst du auf das Gefängnis aufpassen und wenn die Trolle um Hilfe rufen, kannst du dann ein paar Laute geben, dass sie übertönt werden?"

„Aber klar Tinka, das mache ich doch gerne für dich. Komme ich dafür wieder in die Zeitung bei dir?"

„Sicher kommst du dann mit einem Beitrag hinein, als Held der Feen. Ich bringe dich dann ganz groß raus."

„Oh Tinka, du kannst dich auf mich verlassen. Die beiden da oben werden keinen Laut sagen. Dafür Sorge ich. Ich habe da meine eigene Methode."

Profan flog in die Höhe und setzte sich auf das Gefängnis.

„Hört zu, ihr Ganoven, einen Ton von euch und ich scheiß euch zu, ist das klar?"

„Was willst du denn schon anstellen du mickriger Vogel?"

Profan machte ernst und entleerte sich auf den Köpfen der Trolle. Sie schrien und hielten sofort inne. Sie wussten, Profan machte wirklich ernst.

„Und kann ich was ausrichten oder nicht?", fragte Profan die Trolle. Die setzten sich auf den Boden und waren so richtig frustriert.

Ich zwinkerte Profan zu und wandte mich wieder an die Fee.

„Weißt du, wo die anderen Feen eingesperrt sind?"

Profan flog noch einmal zu Tinka herunter: „Tinka wenn du Hilfe brauchst, sag einfach Bescheid. Meine Brüder helfen dir gerne." Ich antwortete ihm:

„Danke Profan, ich hoffe, das wird nicht nötig sein." Ich wandte mich wieder der Fee zu.

„Ich befürchte hinter der großen Biegung. Die Trolle bauten dort einen großen Bau und wir konnten erkennen, dass sie noch mehr dieser Käfige bauten. Sie kamen alle in den großen Bau. Tinka, bitte pass auf, das sind ganz üble Kerle."

„Keine Angst kleine Fee, ich weiß schon, wie ich dem Ganzen ein Ende setzen kann. Durch meine Kurzrecherche weiß ich, dass der Obertroll Zalgan heißt und der ist sehr empfänglich für große Publicity. Mal sehen, ob ich ihn kriegen kann."

„Bitte sei vorsichtig", meinte die kleine Fee.

„Ja das werde ich sein. Mach dir keine Sorgen."

„Tinka, komm mit zu Melusa, ich glaube sie kann dir helfen." Ich schaute sie fragend an, lief aber hinter ihr her. Sie kamen an das Haus von Melusa.

„Warte hier bitte, ich muss zuerst mit ihr sprechen."

„Ähm, du ich muss wohl etwas kleiner sein, sonst geht das Haus von Melusa kaputt", meinte ich. Die kleine

Fee schnippte mit den Fingern und schon war ich etwas geschrumpft.

Nach einer Weile kam die kleine Fee heraus und hielt mir die Tür auf.

„Guten Tag liebe Melusa, ich weiß jetzt nicht, was ich hier soll."

„Tinka, ich habe schon viel von dir gehört.", begann Melusa.

„Ich hoffe nur Gutes."

Melusa nickte weise und dann sprach sie:

„Ich habe hier einen kleinen Zaubertrank für dich. Du wirst ihn brauchen, um unser Volk zu retten. Du kannst damit höher als die Bäume springen. Die Kraft kannst du anwenden, wo und wie immer du möchtest. Nur denke daran, um Mitternacht hört der Zauber auf. Du musst dich also beeilen."

„Ich danke dir liebe Melusa, wenn du meinst, ich brauche das, nehme ich es gerne an."

Und ich nahm die drei Fingerhut voll von dem Zaubertrank. Mir wurde ganz komisch, dann ich sah alles gelb. Ich wusste im ersten Moment nicht, wo ich war. Um meinen Hals trug ich noch mein Mikrofon. Dann fing ich an, alles klar zu sehen. Ich erschrak, denn ich merkte, dass ich durch Türen sehen konnte. Nicht schlecht murmelte ich in meinen Bart. Als ich die ersten Schritte wieder gehen konnte, verabschiedete ich mich von Melusa, aber nicht ohne mich zu bedanken.

Melusa sprach noch einmal zu Tinka: „Wundere dich nicht, zu was du alles fähig bist." Gehe mit Gott und hilf uns, die Trolle wieder loszuwerden."

„Ich gebe mir Mühe.", versprach ich.

Hmm dachte ich mir, was das wohl eben zu bedeuten hatte?

Immer wenn ich lief, kamen kleine weiße Blitze von meinen Pfötchen. Zuerst erschrak ich, aber dann fand ich es lustig. Nur nicht in eine Pfütze treten, dachte ich. Da ich es aber gewohnt war, Pfützen auszuweichen, hatte ich keine Probleme damit. Wasser mag ich sowieso nicht an meine Pfötchen. Somit machte ich mich auf, zum großen Zalgan.

Vor dem Bau kam ein Troll zu mir und giftete mich an: „Was willst du hier? Hunde sind hier nicht willkommen."

Immer freundlich bleiben, dachte ich mir. So kann man sein Gegenüber, am ehesten Mürbe machen.

„Ich grüße dich Troll. Leider weiß ich deinen Namen nicht. Mich führt ein Interview zu eurem Obertroll Zalgan. Ich schreibe gerade einen Bericht über Trolle und ich dachte mir, Zalgan wäre daran interessiert."

Der Troll traute mir nicht, aber er sah das Mikrofon und er kannte die Tinka-Post, wenn er auch nicht viel damit anfangen konnte.

Mürrisch antwortete er:

„Ich bin Mortzu der gefürchtete Troll, den es gibt. Nimm dich in Acht vor mir. Warte hier ich, werde nachfragen."

Wenig später kam er zurück. Zwei weitere Trolle folgten ihm.

„Du hast Glück, Zalgan ist heute guter Laune und er will dich sehen, komm mit."

Das dachte ich mir, sinnierte ich. Es lief besser, als ich dachte.

Als ich in den großen Raum geführt wurde, versuchte ich blitzschnell, alles Wichtige zu erfassen. Besonders wo die Feen gefangen waren. Und da sah ich sie auch schon. Sie waren in so einen Käfig gefangen. Ich konnte es nicht glauben, sie hatten so gut wie kein Platz sich zu bewegen. Ihre Flügel hingen matt an ihnen herunter. Dann sah ich auch schon Zalgan. Er saß auf einen Thron und sah mich an. Leise hörte ich, was Zalgan dachte. So so, er will mich zu seinem Gefolge machen, nur noch für ihn schreiben. Kommt gar nicht in Frage. Wow, dachte ich, der Zaubertrank ist wirklich Klasse. Also kann der Knubbelnasentroll mir nichts vormachen. Ja er

hatte wirklich eine große Knubbelna-
se. Vorne war sie spitz.

Zu seinen Leuten sagte Zalgan: „Ihr
könnt gehen, hier brauche ich eure
Hilfe nicht. Schaut euch das kleine
Würstchen an. Mit ihr werde ich schon
fertig." Er dachte: Wenn sie nicht
spurt, zerdrücke ich sie an der Wand.
Zalgan lachte laut und seine Männer
gingen aus dem Bau. Heimlich blinzelte ich den Feen zu, um ihnen Mut zu
machen.

Dann wandte ich mich Zalgan zu.

„Wie ich hörte, du willst ein Interview mit mir machen. Ich kenne deine
Zeitung, was willst du wissen?"

Das geht besser, als ich dachte. Ich
erklärte Zalgan, das ich das Gespräch
aufnehmen werde. Dieses Verfahren
wird heute sehr oft angewandt. Das
brauche ich für die Redaktion. Wie dir

bekannt sein dürfte, kann ich mir nicht alles merken. In der Zwischenzeit sah ich mich nochmals um und entdeckte die Bambustür. Ich sah, dass sich dort noch ein paar Männer versteckten, aber es waren keine Feen dort. Gedanklich bat ich Profan um Hilfe. Es musste alles schnell gehen.

Zalgan, ich plane, einen großen Artikel über euch zu verfassen. Ich glaube, diese gute Publicity kannst du gut gebrauchen."

„Ja schreib nur Gutes über mich, das gefällt mir."

Aus welchem Land kommt ihr, Zalgan?"

„Wir kommen aus Utgard, wo man uns verbannen wollte. Aber wie du siehst, haben wir uns befreit. Die Reise war beschwerlich, aber machbar."

„Was wollt ihr hier im Feenreich? Das wird viele Leser brennend interessieren. Ich sah immer mal wieder zu den Feen und merkte, wie die Hoffnung ihre Lebensgeister hervorlockte. Gut so dachte ich bei mir.

„Wir holen uns den Feenstaub, dass macht uns unsterblich, glauben unsere Götter. Aber wir bekommen nicht genug davon."

„Zalgan, was machst du mit den Feen, wenn du genug Feenstaub hast? Wieder freilassen?"

Aus dem Augenwinkel konnte ich sehen, dass die Feen ihre Flügel so gut es ging, erhoben. Sie hatten wieder etwas Feenstaub erzeugt.

„Das weiß ich noch nicht, vielleicht sollten meine Männer mit ihnen etwas Spaß haben. Sie machen einen harten

Job und könnten etwas Ablenkung gut vertragen."

Das glaube ich nicht, Zalgan, sprach ich. Dann sprang ich hoch zum Käfig wo die Feen eingesperrt waren und öffnete ihn. Draußen hörte ich die Brüder von Profan. Das ging in Windeseile. Ich nahm das Seil von der Wand und veränderte meine Größe. Sehr schnell fesselte ich Zalgan. Er konnte auch nicht schreien, weil ich es ihm untersagte. Mit dem Zaubertrank war das möglich. Ich sah, wie er schreien wollte, aber es kam kein Laut aus ihm heraus.

„Husch Husch ihr Feen nur schnell raus hier." Es gab ein fürchterliches Treiben. Die Trolle draußen übernahmen die Vögel. Mir war nicht klar, wie viele Brüder Profan hat. Alles ging sehr schnell. Alle Trolle wurden in einem großen Käfig getan. Dann rief ich die Einhörner zu Hilfe. Sie wurden an den Wagen mit dem Käfig gespannt und schon ging es ab.

„Halt Halt liebe Freunde rief ich. Die beiden Trolle bei Profan müssen auch noch mit."

„Ach du meinst die Vollgeschissenen?", fragte Profan, der zu mir flog. Die haben meine Brüder schon mitgenommen, die passten noch auf den Wagen rauf."

„Du hast es wirklich wahr gemacht Profan?"

„Naja was sollte ich auch anderes tun? Ich hatte den Auftrag, sie nicht schreien zu lassen. Sie wollten und wollten nicht hören. Zwei meiner älteren Brüder mussten mir helfen."

In dem Moment zog der Wagen an ihnen vorbei. Mittendrin die Trolle.

Jeder hielt sich die Nase zu, weil es gar so stank. Die Einhörner brachten sie an einen Ort, wo sie nicht mehr zurückkommen können.

Melusa kam auf mich zu.

„Tinka, wir danken dir für deine große Hilfe. Ohne dich wären wir verloren."

„Na ja, das war wohl mehr der Zaubertrank von dir. Das war wirklich gigantisch, ich konnte sehen, was hinter den Türen passierte. Nur die kleinen Blitze unter meinen Pfötchen wunderten mich doch sehr."

„Die brauchest du, für den großen Sprung.", erklärte Melusa. Wir werden unseren Feenwald mit dem größten Zauber belegen, zu dem wir fähig sind. Dass kein böser Troll mehr in unser Reich kommen kann. Liebe Tinka, du wirst immer eine Freundin des Feenwaldes sein."

„Ich danke euch allen, aber ohne eure Hilfe hätte ich es nicht geschafft." Auf einmal redeten alle Feen durcheinander, sodass Tinka sich auf den Weg in die Redaktion machte. Nun wurden in der Tinka-Post alle Namen von den Trollen genannt und was sie vorhatten. Nein so eine schlechte Publicity wollten sie nicht haben. Ihr Ruf war für alle Zeiten dahin.

Aber in großen Lettern war zu lesen, dass der Retter der Feen Profan und seine Brüder waren. Auch das Feenland bekam einen großen Beitrag. Nur das Zaubermittel ließ ich weg, auf bitten von Melusa. Das brauchte auch niemand zu wissen.

Nachdem der Artikel in der Zeitung stand und ich fertig war, gönnte ich mir eine Pause und legte mich in meinen Garten in die Sonne und ließ das Ganze noch einmal Revue passieren. Ich konnte nur den Kopf schütteln, vor so viel Bosheit der Trolle. Dann machte ich ein verdientes Nickerchen.

Mein Geburtstag 2017

Ich wachte an einem trüben windigen Tag auf und wurde gleich von Mama und Papa gestreichelt und sie sagten zärtlich „Happy Birthday kleiner Schatz." Da schien die Sonne in mein Herz. Sie erwärmte mich. Das kann ich nicht anders beschreiben. Als ich dann in die Küche kam, bekam ich gleich ein Leckerchen. WOW, vor dem Frühstück? Ach ja ich habe Geburtstag. So könnte jeder Tag anfangen.

Nach dem Frühstück und Gassi-
gang wollte ich meinen gewohnten
Gang zum Fenster machen, als ich
stutzte. Mitten im Wohnzimmer stand
ein Bettchen, was gestern noch nicht
dort stand. Ich ging langsam hin und
schaute Mama an, aber sie meinte, das
wäre für mich.

Echt? Für mich ganz alleine, dachte
ich so bei mir.

Zuerst einmal erschnuffelte ich Leckerlis darin. Die verleibte ich mir
gleich ein. Dann unterzog ich das neue
Bettchen einer genauen Prüfung. Das
Material war so richtig schön kuschelig, wie ich es mag. Das erinnerte mich
an mein Mondbettchen, das ich so liebe. Also kuschelte ich mich so richtig
ein, dass es nach mir roch.

Natürlich war Mama wieder mit
dem Blitzeding zur Stelle. OK habe

schon verstanden, ich machte ein net-
tes Gesicht. Menschen sind ja doch
einfach zu Handhaben. Ein Grinsen
hier, ein Wimpernklimpern dort und
schon hat man sie in seinem Bann.
Was kann es schöneres geben?

Als ich dann auch noch las, was am
unteren Rand des neuen Bettchens
stand, war ich vollends begeistert:

„The little King of Dog".

Ich hätte es nicht besser beschreiben
können. Das Bettchen war wie für
mich gemacht.

Mama erzählte mir die Geschichte
des Kaufs. Ich kann mich noch daran
erinnern, dass eines Tages eine kleinere Kiste kam. Wie üblich durfte ich es
erschnuffeln. Sagte mir nichts und
Mama verschwand im Schlafzimmer.
Sie machte die Tür zu.

Na na was sollen denn hier die Heimlichkeiten? Dann ging ich wieder ins Büro in mein Mondbettchen und wartete.

Mama kam heraus und sah sehr enttäuscht aus. Sie rief Papa an. Ich hörte sie sagen:

„Das müssen wir umtauschen, es ist viel zu klein. Ja wir rufen dort an."

Was war zu klein und muss umgetauscht werden? Nachdem Mama aus dem Schlafzimmer kam, schlich ich mich hinein, aber ich konnte nichts finden. Es stand diese Kiste auf dem Bett. Reinschauen konnte ich nicht, sie war zu hoch für mich. Ich werde mal versuchen mehr heraus zu bekommen.

Ein paar Tage später kam wieder eine Kiste, aber die war so richtig groß. Dahinter konnte ich mich verstecken. Erschnuffeln konnte ich auch hier nichts. Und wieder ging Mama ins Schlafzimmer und machte die Tür zu.

„Halloooo ich wohne auch hier. Mach die Tür auf.", sagte ich. Nichts zu machen, ich kam nicht rein. Erst nach einer ganzen Weile wurde die Tür wieder aufgemacht. Und wieder schlich ich mich hinein. Oh Man, nun hat Mama die große Kiste auf dem Wäschekorb gestellt. Da komme ich doch erst recht nicht ran. Wieder hörte ich, wie sie Paps anrief:

„Ja das ist jetzt optimal. Sieht toll aus und wird ihr gefallen. Das Material ist ganz weich."

Wem wird was gefallen? Zeig doch mal her! Ich schaute Mama ganz lieb an, nur erfuhr ich trotzdem nichts. Sie nahm mich auf dem Arm und streichelte mich. Fand ich auch OK, aber ich wollte schon etwas hören.

Mama erzählte mir, dass das erste Paket auch mein Bettchen war, aber eben viel zu klein und sie tauschten es um und bekamen sehr schnell das größere Bettchen. Jetzt machte es für mich auch Sinn, was sie Paps am Telefon sagte.

Ich schaute mir das Bettchen an und dachte mir, kleiner wäre auch blöd gewesen. Das hier ist wirklich optimal. Ich schaute gleich mal unter das Kissen, ob sie da auch Leckerlis versteckt hatten. Zwei konnte ich finden.

Natürlich wurde ich verwöhnt. Ich schaute aus dem Fenster, Mama nahm mich auf den Arm.

„Tut mir wirklich sehr leid Tinka, wir wollten mit dir so gerne in den Garten, aber siehst du wie es stürmt und regnet? Da macht es keinen Spaß draußen."

Ja das sah ich ein. Ich mag sowieso kein Wasser. Egal, meine lieben Menschen denken sich dann hier in der Wohnung etwas aus. Das wird immer spaßig.

Eins möchte ich doch mal festhalten:

„2010, also mein Geburtsjahr gilt als „Sonnenjahr. Wen wundert es, ich bin ja auch ein Sonnenschein. Als ich geboren wurde waren es 29°C mit 11 Sonnenstunden und 0mm Niederschlag." Das kann sich doch sehen lassen. Heute 2017 haben wir viel Niederschlag und nur 17°C.

Gestern habe ich sie reden hören, dass sie sich für das Wohnzimmer eine Klimaanlage kaufen wollen. Stimmt schon, hier unter dem Dach ist es bei hohen Temperaturen schon sehr heiß. Ich gehe jede Wette ein, dass Mama sich heute viel wohler fühlt, als wenn es 29°C wären.

Wir haben tolle Leckerlispiele gemacht. Da kam ich voll auf meine Kosten. Mal sehen, was noch so passiert, wenn Papa von der Arbeit kommt. Hoffentlich können wir eine große Runde drehen.

Ich freue mich wie Bolle. Kurz vor meinem Geburtstag waren wir noch einmal beim Tierdoktor. Ich wollte ja nicht, hatte aber keine Wahl. Paps meinte zu mir, es wäre nur eine Nachuntersuchung, wegen meinem Unterkiefer. Es wäre noch nicht ganz zusammengewachsen, aber er gab grünes Licht für meine geliebten Knabberstäbchen. Das ist ja fast mein schönstes Geburtstagsgeschenk. Ich mag nicht alles klein geschnitten bekommen. Knabbern macht doch viel mehr Spaß.

Paps war ganz geschockt, als wir gestern unsere Runde antraten. Da kam wieder dieser Schäferhund vorbei. Nun dachten alle, ich hätte Angst und würde den Schwanz einziehen. Pah, von wegen. Ganz stolz ging ich mit aufgerichteter Rute und erhobenes Kopfes auf ihn zu. Dann wollte ich speed geben, aber Paps zog mich mit der Leine zurück. Wie gemein. Meine Güte hat der Schäferhund sich aufgeplustert. In diesem Leben werden wir keine Freunde mehr.

Der Tag ging zu Ende mit viel Spaß und Spiele für mich. Es ist doch schön so ein Geburtstag.

Spät abends lag Paps auf dem Sofa, Mama saß an ihrem Laptop und schrieb unser Buch. Paps sagte zu Mama:

„Penny liegt hinter mir."

Mama erwiderte: „Nein Tinka liegt vor mir hier auf den Boden."

„Ich meinte ja auch Penny." Erst da viel es ihr auf, dass er wirklich Penny meinte. Paps kann sie öfters fühlen. Obwohl das schon 4 Jahre her ist. Ich glaube, das ist für Paps ein schönes Gefühl. Oder wollte sie gar mir zu meinem Geburtstag gratulieren? Das fand ich cool.

Freund Balu

Der Boxer Balu ist ein sehr alter Hund und ich hatte das Vergnügen ihn interviewen zu dürfen. Der Boxer macht immer noch eine gute Figur. Vor allem ist er ein wirklicher Freund. Er hat so manche haarsträubende Geschichten aus alter Zeit zu berichten. Also machte ich mich wieder einmal auf den Weg ins Hinterland, wo er bei guten Menschen seinen Lebensabend verleben kann.

Ich lernte Balu vor einigen Jahren kennen. Seine Geschichten mochte ich alle, nur wusste man nie so richtig, was an seinen Geschichten wahr ist, oder dazugedichtet wurde.

Balu traf ich auf seiner geliebten Wiese zwischen dem Haupthaus und den Stallungen. Er streckte seine müden Glieder. Seinen Hinterlauf bettete er so, dass die Schmerzen erträglich waren.

„Hallo Balu mein Freund, wie geht es dir?"

„Hi Tinka, schön dich wieder einmal zu sehen. Ich hörte schon, dass du eine rasende Reporterin geworden bist. Wie ist die Lage an der Front?"

„Alles Klar, wie geht es dir?"

Du weißt schon, bei uns alten Hunden zwickt es mal hier und mal dort. Die Augen wollen auch nicht mehr so richtig, mein Gehör ist noch OK. Weißt du im Alter, hat man das Privileg nicht auf alles reagieren zu müssen. Ich kann mich damit herausreden, nicht mehr so gut zu hören. Besonders wenn das junge Gemüse zu schnattern anfängt. So bewahre ich mir meine Ruhezeiten."

„Alles klar Balu, durch meine Informanten habe ich immer gut zu tun. Nun freue ich mich, dass wir uns wieder einmal treffen konnten. Du bist ein Schlitzohr, aber mal ganz im geheimen, ich würde es genau so tun, wie du. Balu du wolltest mir eine Geschichte aus einem fernen Land erzählen. Ich bin sehr gespannt.

„Es war vor langer Zeit, die Geschichte wurde bei uns von Generation zu Generation weitererzählt. Sie ist es auch Wert, wie ich finde. Auch Hunde können sich betrinken. Das weißt du bestimmt, oder?"

„Oh ja Balu, ich schleckte mal Eier-
likör, da wollten meine Beinchen nicht
mehr so richtig. Die Vorderbeine wollten andersherum laufen, als die Hin-
terbeinchen. Ich habe das Zeug nie
wieder angerührt."

Balu musste schmunzeln.

„Dann höre dir mal meine Geschichte an.

Weit weg von hier in einem fernen
Land namens Ungarn lebten die Hunde:

Harcos – der Kämpfer.

Fakas – der Größte

mit den Hündinnen

Fenséges – Prinzessin und

Hajnalka – Morgenröte.

Sie lebten am Rande der Weinber-
ge in Tokaj. Dort wurde sehr viel Wein
angebaut. Ich muss dir hier einiges
über diesen Wein berichten, damit du

die Tragweite des Geschehens verstehst.

Der Tokaj ist eine der ältesten Weinsorten der Welt. Tokaj wurde im Jahr 1700 als weltweit erstes Weinanbaugebiet deklariert. So soll es in den Geschichtsbüchern stehen. Und er ist sehr süß. Bei einem Tokaji 4 Puttonyos werden auf 126 Liter Traubenmost 100kg Trauben beigemischt. Dadurch entsteht ein süßer Wein mit einem Restzuckergehalt von 90-120g/Ltr. Wein. Dieser Wein wird meist zwischen 4 und 5 Jahren in Holzfässern gelagert. Und um genau diese Fässer geht es in meiner Geschichte. Ich hoffe, ich habe dich mit der Einleitung nicht gelangweilt."

„Aber nein lieber Balu, ich habe das sehr interessiert aufgenommen."

Aus der Ferne hörte man einen Hund bellen. Er rief den anderen zu:

„Kommt alle mit, Balu erzählt wieder eine seiner Geschichten."

Man sah eine kleine Invasion kommen. Balu lächelte gnädig.

„Tinka, die anderen Hunde stören dich hoffentlich nicht", rief Balu.

„Nein überhaupt nicht, was macht denn der Kleine hier?" Tinka wies auf einen kleinen Hund mit einer grünen Mütze auf dem Kopf.

„Ach das ist Ikarus, was er ist, lass dir von ihm erzählen." Ikarus kam angerannt und blieb dann abrupt stehen und stellte sich auf seine Hinterbeine. Mit stolz erwiderte er: „Hallo, ich bin Robin Hood." Alle lachten über diesen kleinen Kerl.

„Still still, lasst Balu erzählen", rief ein anderer Hund.

Also erklärte Balu noch einmal alles, was er über Tokaj wusste.

„Heros der Kämpfer machte seinen Namen alle Ehre. Er war ein sehr stolzer Hund, weil er mit den Weinbauern zu der Weinherstellung mitgehen durfte. Die Reife des Weines in den Fässern wurde überprüft. Heros passte ganz genau auf, dass ihm nichts entging. Die Männer schlossen das Kelterhaus, wo die Fässer lagerten, immer ab.

Heros nahm eines Nachts Fakas mit, weil er sehr groß und stark war. Beide buddelten in dem Sand auf der Rückseite des Kelterhauses, bis sie einen Durchgang zu den Fässern fertig hatten. Sie sahen, dass ein Fass etwas kleiner war als die anderen, und leckten. Es roch so süß und sie wollten die Stelle zulecken. Natürlich klappte das nicht. Fakas und Heros begannen, nach einer Weile alberne Dinge zu tun. Sie waren ausgelassen und guter Dinge. Ihre Beine waren wie du es schon sagtest Tinka, nicht was sie einmal waren. So wirkten sie sehr wackelig. Sie konnten es sich nicht erklären, wie es dazu kam. Umso mehr sie an dem Fass leckten und so ausgelassener wurden sie. Dann sang Fakas:

„Morgen zur Morgenröte hole ich meine Morgenröte Hajnalka hier her und dann gehört sie mir und erhöret mich."

„Du willst sie doch nicht wirklich hier herbringen und auch lecken lassen?", lallte Heros.

„Na klar, soll ich sie jetzt holen?"

„Nein wir müssen zusehen, dass wir das Loch stopfen, sonst ist Morgen nichts mehr da."

Das sah auch Fakas ein. Sie sahen sich um, was bei der vielen Leckerei nicht so einfach war. Sie fanden einen Klumpen Lehm und zerbissen ihn, bis sie das kleine Loch stopfen konnten. Dann schlichen sie sich wispernd hinaus. Beide konnten nicht mehr gerade laufen. Sie waren sehr froh, dass sie es doch noch bis zu ihrer Schlafstätte schafften. Der Rückweg war sehr beschwerlich und anstrengend. Sie rülpsten und fielen in einen tiefen Schlaf.

Am nächsten Morgen wurden sie nicht wach. Fenséges und Hajnalka wunderten sich. Sie rümpfen ihre Nasen, als sie merkten, dass die Rüden so seltsam rochen. Heros blinzelte und schloss schnell wieder die Augen, weil er meinte, sein Kopf würde zerspringen. Er war sonst immer als Erster am Futtertrog. Nun aber wollte er nicht einmal aufstehen. Fakas ging es nicht besser. Also gingen die Hündinnen zuerst fressen. Sie freuten sich, sonst mussten sie immer warten, bis die Rüden fertig waren.

Der Weinbauer kam und sah, dass seine Rüden noch schliefen. Er ging näher an sie heran."

„Potzblitz und Schweinemagen ist denn das Obst schon von den Bäumen gefallen und hat schon gegärt? Die Hunde sind voll wie 1000 Mann. Oh ja man kann es riechen. Haben wir aber so süßes Obst an den Bäumen? Wir müssen nachher raus fahren und nachsehen."

Erst am Abend ging es Harcos und Fakas besser. Auch ihre Kopfschmerzen waren wieder weg.

Fakas stumpte Harcos an.

„Wollen wir heute Abend wieder hin und süffeln?"

„Ich weiß nicht, mein Kopf geht es gerade besser", antwortete Harcos. Aber Fakas meinte:

„Ach komm, lass uns die Mädels mitnehmen. Das wird bestimmt eine coole Party."

In dieser Nacht war Vollmond und sie brauchten ihre ganze Überredungskunst um die Hündinnen mitzunehmen.

Als alle durch das Schlupfloch kamen, stellte Harcos sich in voller Größe auf. Die anderen Hunde zollten ihm Respekt. Dann ging er zu dem Fass, wo sie den Lehmbrocken reingeschoben hatten und er kratzte mit seiner Kralle den Lehm heraus. Sofort sah man ein Rinnsal fließen.

„Okay wuffte er herum, die Party kann beginnen". Besonders Hajnalka war für dieses süße Getränk empfänglich. Die Rüden inspizierten den ganzen Kelterkeller. Schauten nach, ob die anderen Fässer in Ordnung waren. Mittlerweile hörten sie die Hündinnen kichern und albern. Sie gingen zu ihnen und wollten auch von dem süßen

Getränk etwas lecken. Als Harcos an der Reihe war, da war nichts mehr da. Es kam kein einziger Tropfen heraus und er schaute finster drein. Hajnalka und Fenséges kicherten ihn an. Hajnalka antwortete ihm:

„Tja Harcos hicks, hättest dich wohl nicht so lange bei der – hicks – Inspektion aufhalten sollen – hicks. Nun ist nichts mehr da – hicks." Und dann legte sie sich hin.

Alle mussten lachen, als Balu Hajnalka nach ahmte. Viele meinten, das sah so richtig echt aus.

„Lasst mich weiter erzählen. Fakas ging zu Hajnalka hin und meinte zu ihr:

„Meine Güte, du bist ja zu wie eine Meute Mücken. Kannst du mir trotzdem zuhören?"

„Jetzt nicht, Fakas, mir ist es nicht gut. Morgen vielleicht."

Fakas war ganz bedröppelt und Harcos grinste.

„Hat wohl wieder nicht geklappt, was?"

„Ach halts Maul", rief Fakas und trottete von dannen.

Sie legten sich alle hin und schliefen ein. Erst am nächsten Morgen wurden sie wach, als die Tür geöffnet wurde. Der Weinbauer staunte nicht schlecht, als er die Hunde sah.

„Ei was macht ihr denn hier und wie kommt ihr hier herein?"

Der Weinbauer kratze sich am Kopf. Das tat er immer, wenn er nachdachte.

Er schaute sich um und dann bemerkte er den feuchten Fleck an dem einen Fass. Als er näher kam, roch er auch den süßen Wein und ihm war klar, warum die Rüden so betrunken waren.

„Die haben uns doch wirklich das Probefass leer gesoffen, „Schimpfte der Weinbauer."

„Nicht wir, das meiste hat Hajnalka weggesüffelt, dachte sich Harcos. Heute haben wir nichts abbekommen. Das war alles die holde Weiblichkeit, grummelte er."

Die Hunde wurden auf dem Hänger verfrachtet und der Weinbauer ging um das Gebäude herum. Dann sah er das Loch, was die Hunde gebuddelt hatten. Alles wurde wieder geschlossen. Noch Jahre erzählte man sich im Ort, dass vier Hunde ein ganzes Fass halb fertigen Wein genossen haben."

„Eine beeindruckende Geschichte", meinte Tinka. Das könnte meinen Lesern gefallen."

„Oh komme ich wieder aufs Titelblatt", fragte Balu.

„Ich will sehen, was ich machen kann", schmunzelte Tinka.

„Balu stimmt die Geschichte, oder hast du wieder Seemannsgarn gesponnen?", fragte sein Freund Rufus der Neufundländer. Sie wussten, dass Balu ursprünglich von der Küste kam.

„Wenn ich es euch doch sage, die Legende wurde als Wahrheit überliefert.", schmunzelte Balu in seinem grauen Bart.

Bagira und Felix

Mein Weg führte mich nach NRW. Ich war gespannt, auf Bagira und Felix.

Das sind zwei Kater im besten Alter. Wer mich kennt, weiß, dass ich Katzen nicht so mag. Ich war natürlich im Zwiespalt mit meinen Gefühlen. Soll ich gleich angreifen, oder mich lieber zurückhalten? Nun habe ich mit Bagira einen Interviewtermin. Als gute Reporterin muss ich alle akzeptieren, so schwer mir das auch fällt. Mama sagte mir, dass die Kater nicht bösartig sind und ich solle doch erst einmal abwarten. Ich hatte genug Zeit, mir darüber Gedanken zu machen. So relaxte ich im Auto und hing meinen Gedanken nach.

Als wir vor dem Haus standen, staunte ich nicht schlecht. Es war kein kleines Haus wie bei uns zu Hause. Bevor man ins Haus kam, war rechts ein Garten. Das fand ich klasse. Irgendetwas störte mich. Ich konnte nicht sagen, was es war. Ich wollte nicht zur Haustür laufen. Ich witterte eine Gefahr. Paps nahm mich dann auf dem Arm. Ich hielt die Luft an. Als wir dann an der Haustür oben waren, konnte Paps mich wieder runter lassen. Als die Tür aufging, sah ich schon Bagira. Staunend sah ich ihn an, er war viel größer als ich, obwohl er so viel jünger war. Ich bellte ihn erst einmal an. Bagira stand nur da und schaute mich an. Nach der üblichen Begrüßungszeremonie gingen wir ins Wohnzimmer. Mamas Freundin richtete das Mittagessen. Es roch lecker. Auch für mich hatte sie ein paar Leckerlis. Ich futterte sie im Nu weg. Mama war ganz erstaunt. Da bekam sie gleich eine Tüte für mich mit. Ich schaute mich nach Felix um. Bagira sagte mir, dass Felix ein kleiner Angsthase ist und er sich versteckt hat. Ich betrachtete mir Bagira und musste zugeben, dass das ein ganz hübscher Kerl ist. Nur leider ist er ein Kater.

„Tinka komm mit, drüben können wir uns besser unterhalten."

„Ist das für dein Frauchen Okay?"

„Tinka, ICH habe hier das Sagen. Das ist schon Okay."

So gingen wir in ein anderes Zimmer. Dort war ich noch nie, obwohl wir hier schon einmal zu Besuch waren, allerdings gab es da noch keine Tiere. Oh doch, irgendwann kam Jacky, leider habe ich ihn erschreckt. Ich hoffe, er hat es mir verziehen. Ich bin eben manchmal etwas stürmisch.

In dem Zimmer Stand ein Sideboard. Bagira ging zu einer Schublade und zog sie mit seinen Krallen auf. Ich staunte, mit welcher Leichtigkeit er

das machte. Dann räumte er den Inhalt der Schublade aus. Die Unterwä-
sche von seinem Frauchen flog durch
das Zimmer. Danach legte sich Bagira
in die Schublade und machte es sich
gemütlich. Ich schaute mich um und
fragte Bagira:

„Bekommst du keinen Ärger, wenn
das dein Frauchen sieht?"

„Och nee, sie macht manchmal
einen auf Molly hat die Zeitung in der
Hand und schimpft. Dann setze ich
mich hin, schaue verliebt in ihre Augen und schon habe ich gewonnen. Ich
mache aber kaum was kaputt. Das
macht eher Felix."

Ich schaute mich um, konnte Felix
aber nicht sehen.

„Bei Felix musst du Geduld haben, bis er aus seinem Versteck heraus kommt.

Wir haben es hier echt gut getroffen. Sie richten sich viel nach uns. Wir bekommen wirklich alles. Schau dich nur um, wir haben einige Katzenbäume, die taugen aber nicht viel. Sie gehen ständig kaputt."

„Na ja, nun seid ihr auch keine kleinen Katzen, " warf ich ein.

„Ja das stimmt, damit hat unser Frauchen auch nicht gerechnet. Wir halten sie gut auf Trapp.

Hey Felix komm doch rein, Tinka tut dir nichts."

Langsam kam Felix näher und beäugte mich sehr genau.

„Was hast du da in der Pfote Tinka?", fragte mich Felix.

„Das ist mein Mikrofon und hier ist mein Aufnahmegerät", antwortete ich. Ich bin die rasende Reporterin meiner Zeitung der Tinka-Post. Ich kann mir nicht alles merken, was ihr mir erzählt. So kann ich in Ruhe zu Hause meinen Bericht auf Band sprechen und die Redaktion gibt es an die Druckerei weiter. "

„Oh fein wir kommen auch in die Zeitung.", meinte Bagira und stellte sich gleich in Pose.

„Nur langsam mein Freund, ich habe durch dein Frauchen ausreichendes Bildmaterial. Und in Facebook seid ihr auch schon zu sehen mit ganz außergewöhnlichen Fotos.

Ich begann mein Interview:

„Wie seid ihr in dieses Haus hier gekommen?"

Bagira antwortete zuerst.

„Bei mir war es so, dass mein heutiges Frauchen sich bei meiner Züchterin meldete. Ich hatte noch drei Geschwister, aber da ich der Hübscheste war, wollte sie mich haben. Als die Zeit gekommen war, in mein neues Zuhause zu kommen, wurde ich abgeholt. Es war für mich etwas ungewohnt so ganz alleine zu sein. Als ich in diese Wohnung kam, war alles für mich vorbereitet. Ich hatte eine Menge Spielzeug, aber mehr interessierte mich die Fernsehzeitung. Daraus konnte man so schöne kleine Schnipsel machen. So gingen die Wochen hin, bis mein Frauchen auf die Idee kam, noch eine Katze anzuschaffen. Damit kam der Wildfang Felix zu uns. Zuerst musste ich ihm erklären, dass ich hier der Boss bin. Nach einer Zeit verstanden wir uns ganz gut und nun sind wir unzertrennlich. Was der eine nicht weiß, dass weiß der andere. Manchmal nerven wir unser Frauchen schon, weil wir so agil sind, aber das kann sie verkraften. Wir sind dann auch wieder richtig schmusig und das macht alles wieder wett."

Felix stimmte dem zu.

„Wir sind halt junge Kerle im besten Alter. Nur eins mochte ich nicht und Felix Mine wurde finster. Als ich zur Kastration musste." Da war erst mal Schluss mit lustig.", maulte Felix.

„Ach Felix macht doch nicht schon wieder so einen Aufstand. Ich musste das vor dir erleiden und habe es überlebt.", er grinste Felix dabei an. Was weg ist, ist weg und kann dich nicht mehr stören."

„Mich haben sie aber nicht gestört."

„Ach komm, das ist doch schon so lange her. Gib Frieden, was soll denn Tinka von uns denken?"

„Ist ja schon gut", meinte Felix.

Bagira meldete sich zu Wort:

„Tinka, ich weiß ja nicht, wie es bei dir zu Hause zugeht. Mein Frauchen dachte sich, uns erziehen zu können. Wir sind Kater und wir lassen uns nicht ohne weiteres erziehen. Wo kommen wir denn dahin. Dann muss sie die aberwitzige Idee bekommen haben, es mit einer Wassersprühflasche zu versuchen. Zu dieser Zeit machte es uns viel Spaß, die Gardinen hoch zu klettern. Katzen klettern nun einmal sehr gerne. Die Krallen müssen gewetzt werden. Aber mal im Ernst, sehen wir so aus, als das wir vor Wasser Angst haben? Ich kann dir sagen, der Schuss ging nach hinten los. Wir fanden diese Wasserdusche recht angenehm, besonders jetzt, wo Sommer ist. Natürlich fand das unser Frauchen nicht so berauschend. Sie schimpfte mit uns. Wir verstehen dass nicht, es macht doch riesen Spaß die Gardinen zu erklimmen. Was wir auch nicht verstanden, warum sie die Schals im kleinen Zimmer abnahm. Spielverderber kann ich da nur sagen.

Die Innenrollos im Bad konnten wir auch nicht leiden. Die nahm uns die ganze Sicht nach draußen. Felix half mir, sie kaputtzumachen. Nach einer Weile waren wieder neue dran, auch diese drangsalierten wir.

Nur kurz konnte sie uns mit der Zeitung erschrecken. Auch daran gewöhnten wir uns.

Wenn wir sie streichelten, rief sie immer aua. Das machte uns etwas unsicher. Warum sich Menschen so undicht. Gleich kommt so rotes Zeug aus ihren Beinen."

„Na ja, Hunde wie ich klettern nicht an Gardinen hoch. Meine Menschen erlauben mir fast alles, nur wenn ich am Wohnzimmerfenster belle, sagen sie etwas. Kann ich zwar nicht so ganz verstehen, aber des lieben Friedens Willen gebe ich hin und wieder nach, aber ein Knurren kann ich mir dann doch nicht verbeißen."

Armer Idefix

Idefix ist ein munterer kleiner Malteser Rüde mit dem Herzen auf dem rechten Fleck, wie man so schön sagt. Ich lernte ihn im Laufe meiner Arbeit als rasende Reporterin kennen. Nur war Idefix, ein ganz Kleiner, mit knapp 2 kg Gesamtgewicht. Gegen ihn war ich ein echter Brummer mit meinen 3,6 kg. Vor allem aber war Idefix sehr krank. Er hatte schon drei Operationen durchmachen müssen. Er hatte große Probleme mit der Patella und dem rechten Hüftgelenk. Das Knie wurde mit Platten stabilisiert, aber er lief trotzdem sehr schlecht und brauchte Schmerzmittel.

Sein Frauchen jammerte meinem Frauchen die Ohren voll, dass alles so ungerecht wäre. Eines Tages bekam Mama Urlaubsbilder und auch kleine Filme gezeigt. Sie ist buchstäblich fast in Ohnmacht gefallen. Auf dem einen Film, das war in Rom, musste Idefix die Spanische Treppe mit 138 Stufen hinauf und hinunter laufen. Zwei Mal, weil sein Frauchen diesen Film und Bilder machen wollte. Sein Frauchen zeigte diesem Film mit stolzgeschwellter Brust, weil Idefix das schaffte. Und immer wenn er eine Tour schaffte, wurde er gelobt. Natürlich wollte er, dass sein Frauchen stolz auf ihn ist. Auch ich bekam den Film zu sehen. Vielleicht können das nur Hunde entdecken, aber ich sah das schmerzverzerrte Gesicht von Idefix. Da war keine Freude drin, obwohl immer gesagt wurde, dass Idefix das mit großer Freude tat.

Beim 2. Mal blieb er unten liegen und konnte nicht weiter, obwohl er immer wieder von seinem Frauchen ermuntert wurde. Er konnte nur noch humpeln.

Mein Frauchen sagte geschockt, dass so kleine Hunde keine Treppen laufen dürfen, eben wegen der Patella. Mama wurde das Herz schwer, als sie das sah. Auch die Tierärzte sagen, dass kleine Hunde keine Treppen laufen sollten. Ihr Bewegungsapparat ist dafür nicht ausgelegt. Auch kleine Hunde sollen sich bewegen, aber dann auf einem ebenen Gelände.

Aber nein, meinte Idefix sein Frauchen, Hunde können das ab. Der italienische Tierarzt sagte das zwar auch, aber der hatte doch keine Ahnung. Nur über die hohen Kosten der OPs regte sich sein Frauchen auf. Und das es einfach nicht besser wird. Nun überlegte sie sogar, sich von der Schulmedizin zu trennen und zu einer Heilpädagogin zu gehen. Mama erzählte ihr, dass ich keine Treppen laufe und ich immer runter getragen werde. Draußen kann ich dann im Garten toben, oder auch bei unserer großen Runde. Und ich bin kerngesund.

Idefix bekam auch sehr seltsame Leckerlis, die ihm nicht schmeckten. Ich glaube, sie waren nur aus Gemüse.

Igitt. Als sie bei uns waren, gab ich Idefix zu verstehen, dass er mir folgen sollte. Wir liefen ins Büro. Na ja, Idefix humpelte mehr, als er lief. Dort gab ich ihm von meinen Leckerchen. Ich stand solange in der Tür schmiere, damit er sich an den guten Sachen laben konnte. Er war mir sehr dankbar und sah sehr glücklich aus. Ich sagte zu ihm:

„Mein kleiner Freund Idefix, ich werde versuchen meiner Mama mitzuteilen, dass ihr öfters hier her eingeladen werdet. Ich lege dir dann immer etwas beiseite. Das freute Idefix sehr. Idefix schüttete mir sein Herz aus.

„Weißt du Tinka, ich habe im Flugzeug immer Angst. Da bin ich in meiner kleinen Box unter dem Sitz von meinem Frauchen. Ich höre Geräusche, die ich nicht einordnen kann und das macht mir Angst. Wenn ich dann belle, bekomme ich geschimpft. Oftmals ist das nur für eine Woche Urlaub, weil mein Papa nicht so viel Zeit hat."

„Oh man Idefix das ist ja furchtbar. Als Penny nach Deutschland kam, musste sie in eine Tierklinik und der Arzt sagte zu meinen Leuten, um einen Hund mit in das Flugzeug zunehmen, sollte die Urlaubszeit mindestens vier Wochen betragen. Hunde müssen sich abklimatisieren können. Ich bin froh, dass sie Penny aus Florida mitgebracht haben.

Meine Mama und mein Paps haben immer gesagt, mit den Hunden fliegen wir nicht mehr. Wenn Urlaub, dann nur mit dem Auto. Und sie brauchten auch nie von uns Urlaub, wie es mal deine Mama erwähnt hatte. Ich bin meinen Leuten auch sehr dankbar. Wir haben einen schönen kleinen Garten, da brauchen wir keinen Urlaub. Ich freue mich aber, wenn mein Paps frei hat."

Dann hörte ich etwas, was mich total schocken ließ. Es wurde überlegt, Idefix zu verkaufen, weil er so nicht mehr annehmbar war, mit seinen ganzen Leiden. Auch Mama und Paps waren entsetzt. Ich ging sofort zu Mama und signalisierte ihr, dass wir Idefix zu uns nehmen sollten. Die Message ist angekommen und Mama sprach es an. Idefix Frauchen sprach:

„Wenn es soweit sein sollte, sage ich euch Bescheid. Über den Preis werden wir uns schon einig. Paps nahm mich auf dem Arm und flüsterte mir zu, dass er es ganz furchtbar findet, wenn Tiere so verschachert werden, nur weil sie alt und krank werden. Ich weiß, hier bei uns hätte Idefix einen schönen Lebensabend.

Dazu kam es nicht mehr, bei der letzten OP ist Idefix nicht mehr aufgewacht. Er ging den Weg über die Regenbogenbrücke. Ich schaute in den Himmel und sagte zu ihm:

„Kleiner Idefix gehe zu meiner Penny. Ich weiß, nun hast du keine Schmerzen mehr und brauchst keine Treppen mehr zu steigen. Ich werde immer an dich denken. Du hättest es bei uns so gut gehabt."

Und Idefixs Frauchen? Sie hatte sich schnell Ersatz geholt. Wieder einen Malteser. Ob er auch so leiden muss?

So etwas macht mich total traurig.

Besondere Einladung

Ich war gerade in der Redaktion, als mich eine Einladung erreichte. Goldy, Amigo und King sind Hospizhunde. Ich kenne sie schon lange. Nun wollen sie mir ihre Arbeit zeigen. Ich bin sehr gespannt. Mama fuhr mit mir ins Hospiz. Als wir bei der Leiterin waren, kamen meine Freunde gleich zu mir. Die Begrüßung war freudig wie immer. Goldy erklärte mir, dass wir etwas leise sein müssen.

„Tinka da du keine Ausbildung hast, musst du mit deiner Mama an der Leine mitkommen. Ich hoffe, du hast kein Problem damit."

„Nein auf keinen Fall. Das ist völlig in Ordnung."

Amigo der hübsche Rüde erklärte mir: „Wir gehen nun zu Lena. Sie ist 5 Jahre alt und sie hat Krebs. Die Ärzte können nichts mehr für sie tun. Das ist sehr traurig, aber wir zeigen es ihr nicht. Versuche ganz normal zu sein. Lena hat feine Antennen für Unstimmigkeiten. Kinder sollen ihre letzte Tage oder Wochen mit viel lachen und staunen verbringen. Wir helfen bei der palliative Pflege der Kranken."

„In Ordnung", rief ich und musste schlucken.

Als ich Lena sah, war ich sehr bestürzt. Ich konnte nicht glauben, dass dieses lebenslustige, hübsche Kind bald sterben sollte. Als sie Amigo sah erhellten sich ihre Augen. Sie gab ihm gleich ein Leckerchen. Er legte eine

Pfote auf ihr Bett zum Dank. Gerne ließ er sich streichen. Dann sah Lena zu mir und fragte:

„Oh was ist das für ein schöner Hund", und zeigte auf mich. Ich war total gerührt. Ich lächelte sie an. Eine Pflegerin war auch dabei.

„Darf ich dem weißen Hund auch ein Leckerchen geben? Wie heißt er, oder ist es eine sie?" Die Pflegerin sah Mama an und Mama sagte ihr:

„Ja das ist kein Problem. Tinka ist ein Mädchen und ganz lieb, ich werde sie hoch halten." Ich nahm Lena das Leckerchen ganz vorsichtig aus der Hand.

Lena kicherte. „Tinka hat mich mit ihren Haaren gekitzelt."

Dann kam Goldy ins Zimmer und sprang auf Lenas Bett. Man sieht das Glück in den Augen des Kindes. Als wir aus dem Zimmer gingen, weil Lena sehr müde wurde, hatte ich ein ganz komisches Gefühl in der Magengegend. So ging es allen.

Im nächsten Zimmer lag eine alte Frau, wo man meinte, dass sie gar nichts mehr mitbekam. Aber als King der Schnauzer auf ihr Bett gehoben wurde, sah man ein Lachen in ihrem Gesicht. Das fand ich sehr beeindruckend. Ich habe großen Respekt vor der Arbeit meiner Freunde.

Danach gingen wir in den Garten und ich sah drei Leute in Rollstühlen, die von Pflegern geschoben wurden. Sie hatten jeweils einen kleinen Hund auf dem Schoß. Auch diese kranken Leute sahen sehr glücklich aus. Mama war sehr beeindruckt. Sie kannte das schon aus Florida, weil sie dort in einem Hospize bei der Kunstausstellung mitmachte. Auch dort waren die Leute sehr erfreut, wenn die Hunde zu ihnen kamen. Dort hießen die Hunde Servicehunde. Mit diesen Hunden durfte man auch in Lebensmittelgeschäfte. Sie hatten ein Mäntelchen an, wo Service-Hund draufstand. Es ist eine strenge Prüfung, die die Hunde absolvieren müssen. Ich werde mit meiner Zeitung dazu beitragen, dass es noch mehr so tolle Hunde gibt. Es war für mich ein großes Erlebnis. Ich glaube für Mama auch.

Mama sagte auf dem Heimweg: „Es ist ein Segen, dass es solche Einrichtungen mit Hunden gibt."

Tim

Mama erzählte mir, unser Freund Tim musste ganz dringend ins Krankenhaus. Ich war sehr bestürzt. Ich mag Tim und seine Eltern sehr gerne. Tim ist 11 Jahre alt und Tim spielt immer gerne mit mir. Ich hörte ihr zu, als sie die Story Paps erzählte:

Tim war mit einer Jugendgruppe im Wald und die Kinder sollten Bärlauch suchen. Im Jugendhaus wollten sie eine Suppe kochen. In der Schule lernten sie alles, was man über Bärlauch wissen musste, so meinte man. Die Kinder sammelten sehr viele Bärlauchpflanzen. Tim war einer, der den Bärlauch säubern und kleinschneiden sollte. Auf einmal wurde ihm sehr schlecht und er musste sich übergeben und er hatte ganz schlimmen Durchfall. Niemand konnte sich das erklären. Tim wurde ins Krankenhaus gebracht. Er war noch im Untersuchungsraum, da kam noch ein Schüler mit dem Jugendgruppenleiter. Auch der Freund hatte die gleichen Symptome. Die Ärztin fragte nach, was die Kinder gemacht hatten? Sie erfuhr von der Bärlauchsuppe. Dann klärte sie auf:

„Die Herbstzeitlose ist sehr ähnlich mit dem Bärlauch. Die Herbstzeitlose ist allerdings eine sehr giftige Pflanze. Man kann es allerdings leicht feststellen, wie man den Unterschied erkennt:

Reibt man die Blätter vom Bärlauch zusammen, dann riechen die Blätter nach Knoblauch."

Die Ärztin hatte ein Blatt dabei, wo die Blätter abgebildet waren. Alle anwesenden waren geschockt, weil man keinen Unterschied erkennen konnte zwischen Bärlauch und Herbstzeitlose.

Die Ärztin meinte, man soll die Gruppe sofort hierher bringen und das Essen dort stoppen. Das wurde auch gemacht. Als mehrere Kinder ins Krankenhaus kamen, brachten sie auch etwas von der Suppe mit und nach einer Untersuchung wurde festgestellt, dass es sich wirklich um die Herbstzeitlose handelte. Es könnte leicht tödlich ausgehen. Alle waren froh, dass den Kindern geholfen werden konnte.

Oh Gott wie geht es meinem Freund Tim. Ich ging zu Mama und war fürchterlich aufgeregt.

„Keine Angst Tinka, Tim geht es schon besser. Er kommt bald aus dem Krankenhaus und dann kommt er dich wieder besuchen."

Oh was habe ich mich gefreut, als Tim nach drei Tagen zu mir kam.

„Hey Tinka hast du mich ein bisschen vermisst?"

Ich zeigte ihm genau, ob ich ihn vermisste. Ich zog ihn an seinem Hosenbein und tänzelte um Tim herum.

Manchmal kann ich aus meiner Haut nicht heraus und der Kobold in mir kommt zum Vorschein, wie Tim das so gerne lächelnd erzählt.

„Hey Tinka du bist ja wieder gut drauf." Und dabei lachte Tim und wuschelte durch meine Haare. Er weiß, dass ich das mag.

Dabei bin ich doch nur gut drauf. Ich freute mich so, Tim wieder zu sehen. Dann ging Tim mit mir in den Garten und spielte mit mir. Er versteht es immer wieder, mich aus der Reserve zu locken. Wir hatten viel Spaß. Ich versuchte, Tim zu erklären, dass er so einen Schei... nie wieder zu machen. Ich weiß schon, warum ich das Grünzeug immer gemieden habe. Ich hoffe, Mama hat es jetzt auch begriffen. Ich bekam zwar nie Bärlauch, aber mir schmeckt das ganze Grünzeug nicht.

So hat sich eine ernste Geschichte sehr positiv entwickelt. Auch Tim wird wohl so ein Grünzeug nicht mehr essen.

In eigener Sache

Ein Thema, das mich immer wieder aufwühlt.

Ich schaue öfters mit Mama nachmittags im Fernsehen die Sendung „Auf Streife". Neulich die Sendung hat uns wirklich sehr aufgeregt. Ich sah Tränen in Mamas Augen. Auch ich war total entsetzt.

Ein Förster wurde mit einem Gewehr in der Hand auf seinem Grundstück von der Polizei angetroffen. Als er die Polizei sah begann er zu schimpfen:

„Ich sehe das nicht mehr ein, ich muss Selbstjustiz machen. Damit der Köter endlich gefasst wird. Der Köter scheißt mir in den Garten und die Nachbarn tun nichts."

Die Nachbarn, die daneben standen, sagten aus:

„Wir haben schon länger mit diesem Nachbarn Ärger. Nur, der besagte Hund gehört uns nicht. Der gehört den Nachbarn zwei Häuser weiter. Wir wissen aber, dass der Hund ein ganz lieber ist."

Die Polizei sah auf die Terrasse des Försters und sah doch tatsächlich eine funktionelle Guillotine. Die war richtig scharf gemacht. Davor sah man eine Dose Hundefutter und Leckerlis, die bis hinter der Guillotine ausgelegt wurde. Der eine Polizist war sichtlich geschockt und fragte den Förster:

„Wollten Sie den Hund wirklich töten?"

„Aber selbstverständlich wollte ich ihn töten. Dazu stehe ich auch. Ich hasse Tiere."

Diese Aussage machte alle fassungslos. Besonders mich. Alle waren froh, dass der Hund noch nicht gesichtet wurde.

Die Frau des Försters war auch total schockiert und beschimpfte ihren Mann. Letztendlich wurde der Förster verhaftet, weil ihm noch mehr Delikte vorgeworfen wurden.

Mama murmelte:

„Mit ihm sollte man das Gleiche tun."

Ich glaube so denken wohl viele Leute.

Frauchen und Herrchen des Hundes, haben versprochen, mehr auf ihren Hund aufzupassen. Das sollten sie auch tun.

Mama und Paps unterstützen einige Tierschutzorganisationen. Sie helfen Tiere, wenn sie in Not geraten, wo es ihnen möglich ist. Egal ob Vogel, Hase oder Hund. Das ist echt cool.

Wir fahren auch jedes Jahr zur Tiertafel und bringen Sachspenden und einen Gutschein von Fressnapf hin. Auch die Hunde der Obdachlosen werden bedacht. Leider kann man die Tierquälerei nicht stoppen. Es gibt immer noch zu viele Menschen, die keinen Respekt vor den Tieren haben.

Ich komme viel rum und spreche mit vielen Hunden. Und ich finde es erschreckend, wie manche Menschen mit Tieren umgehen.

Schlimm ist es, dass wir immer noch vor dem Gesetz als Sache behandelt werden. In Wirklichkeit sind wir Lebewesen, wie auch die Menschen.

Ich habe große Hochachtung für Menschen, die sich für die Tiere einsetzen.

Es gibt ein Gesetz im Bürgerlichen Gesetzbuch §90a Tiere.

Darin heißt es:

„Tiere sind keine Sachen. Sie werden durch besondere Gesetze geschützt. Auf sie sind die für Sachen geltenden Vorschriften entsprechend anzuwenden, soweit nicht etwas anderes bestimmt ist."

Ein schwammiges Gesetz, wie ich finde.

Die Vorschrift im BGB §90a klingt auf der ersten Lesung recht gut.

Beschäftigt man sich aber näher damit, kommt man zu dem Schluss, dass es nur als Schwindel gesehen werden kann. Ein Widerspruch in sich.

Es wird Zeit, dass für uns endlich mehr getan wird. Was wären die Menschen ohne Tiere? Ohne die Bienen gäbe es kein Obst mehr. Wer bestäubt die Blüten? Es gäbe keinen leckeren Honig. Ein guter Freund sagte mir einmal:

„Die Natur hat ein Gleichgewicht zwischen Mensch und Tier. Niemand sollte es zerstören."

Vielen dank, dass ich das Bildmaterial mit freundlicher Genehmigung benutzen darf.

Danke

Zuerst möchte ich mich bei meinen Ehemann Karl bedanken. Für seine Geduld, Ideen, Einfühlungsvermögen und die vielen konstruktiven Diskussionen, die ein Manuskript mit sich bringt.

Gerda Kern danke ich für ihre schönen Poser. Alle meine Wünsche werden sofort von ihr erfüllt.

Vielen Dank an Uschi Zebunke für die schönen Geschichten ihres süßen Charmeurs Gizmo.

Und wieder danke ich meinen konstruktiven Testleser. Sie sind sehr wichtig für mich.

Weitere Kinder und Jugendbücher:

„Kleine Wunder zur Weihnachtszeit"

ISBN   978-3-7345-3110-1
(Hardcover)
ISBN   978-3-7345-3109-5
(Paperback)
ISBN   978-3-7345-3111-8
(E-Book)

Verlag tredition GmbH

Eine fantastische Reise durch die Adventszeit bietet das Buch „Kleine Wunder zur Weihnachtszeit."

Ob es Wüllys Weihnachten betrifft, der lernt, wie toll es ist, wenn man Freunde hat. - Für Paulchen sein größter Wunsch in Erfüllung geht – Wie ein Weihnachtsfest im Krankenhaus zu einem Erlebnis gemacht werden kann - Ferdinand der Schneemann zum Leben erwacht - Ein kleiner Stern zur Erde saust - Schneeflocken ihren Spaß mit den Menschen haben, oder Fluffi ein neues Leben kennenlernt, um nur einige zu nennen.

„Sternenkuss im Fairyland"

ISBN 978-3-7431-6433-8
(Paperback)
ISBN 978-3-7431-2361-8
(E-Book)

Verlag: Books on Demand GmbH

Sternenkuss wagt eine gefährliche Reise, mit dem Ausbruch eines Vulkans in Island. Sicher landete er mit seiner waghalsigen Erfindung im Fairyland. Durch seine Erfindungen wird Sternenkuss auch gerne der Professor genannt. Im Fairyland lernte er seine spätere Frau Silberstolz kennen. Ihre Hochzeit wurde ein rauschendes Fest, wobei sich wieder einmal Herr Nimmersatt zu Dr. Medikus begeben musste.

Gasch der Troll treibt im Fairyland sein Unwesen. Kann man ihm Einhalt gebieten?

Das jährliche Wahlnussschalenrennen für die jüngsten im Fairyland sorgt jedes Jahr für großes Aufsehen. Für die Kinderelfen- und Feen ist das immer eine aufregende Zeit. Es wird sehr spannend im Fairyland.

„Ein Kobold mit weißen Haaren"

ISBN 978-3-8495-9325-4
(Hardcover)
ISBN 978-3-8495-9324-7
(Paperback)
ISBN 978-3-8495-9326-1
(E-Book)

Verlag tredition GmbH

Hallo Leute, ich bin Tinka, ein kleines süßes Malteser Girl und nicht ganz ladylike, was man eigentlich von einem Malteserhund erwartet. Ich liebe es, zerstrubbelte Haare zu haben. Ich möchte euch aus meinem Leben erzählen. Was ich so unter Erziehung verstehe, oder wie ich dem Monster im Keller entkam. Man sagt mir nach, ich wäre ein Kobold und das süßeste Girl der Welt! Was jetzt davon stimmt, müsst ihr selbst entscheiden.

„Pennys Vermächtnis"

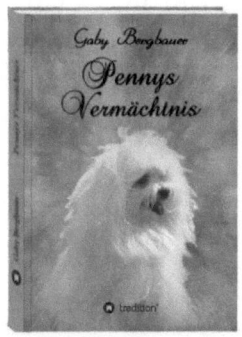

ISBN 978-3-7323-2456-9
(Hardcover)
ISBN 978-3-7323-2457-6
(Paperback
ISBN 978-3--7323-2458-3
(E-Book)

Verlag tredition GmbH

„Pennys Vermächtnis" ist eine wahre Geschichte von einer Malteserhündin, die über die Regenbogenbrücke ging. Von vielen wurde sie auch „Diva" genannt. Sie erzählt noch einmal aus ihrem Leben, wie sie nach langer Ausnutzung als Showhund einfach ihre Identität verlor und regelrecht weggeworfen wurde. Wie sie sich mit ihrem Charme selbst ihre neue Familie aussuchte, wo sie zum ersten Mal in ihrem Leben Liebe und Zuneigung fand. So lernte sie eine ganz Neue Welt kennen. Noch im hohen Alter fand sie eine neue Liebe zu einem schmucken Rüden. Sie erklärt die wahre Tierkommunikation, die jeder Mensch erlernen kann, wenn er nur die Augen und Ohren offen hält. Wie sie zum ersten Mal in ihrem Leben Schnee erlebt und damit umgeht. Nach einem Umzug in ein fremdes Land schleicht sich Tinka, ein Malteserwelpe ungefragt in ihr Leben. So übernimmt sie doch noch einmal die Mutterrolle mit Bravour.

Weitere Informationen über unsere Bücher
unter www.gatika.de